灼熱

秋吉理香子

PHP
文芸文庫

○本表紙デザイン＋ロゴ＝川上成夫

1

何かが割れる音がして我に返った。

わたしはハッとして自分の手元を見る。両手で持っていたはずの大皿が二枚、キッチンの床で割れていた。

シンプルな真っ白い磁器《じき》で、厚すぎず、薄すぎず、しっくりと手に馴染《なじ》み、使いやすかった。とても気に入っていたし、まだ二日しか使っていないのに。

もともと五枚セットだった。デパートで見つけて、少し高価だったけれど、せめて食器くらいは気に入ったものを使いたくて張り込んだ。ささやかでも、日々の楽しみになればいいと思って。

ため息をつきながら破片《はへん》を拾って紙袋に入れていると、「さっきすごい音がしたね。大丈夫？」と、まだパジャマ姿の夫が顔を出した。

「ええ、大丈夫」

「あれ、皿を割ったの？　お気に入りだったのにね」

「でも、まだ三枚あるから」

夫はキッチンを出て、すぐにスリッパをはいて戻ってきた。手には掃除機とガムテープを持っている。

「僕がやるよ。危ないからどいて」

「いいわよ。二人でやった方が早いし」

使いでのある大皿の破片はあちこち広範囲にわたって散らばっている。

「わかった。じゃあ一緒にさっさと片してしまおう」

夫もわたしの隣にしゃがみ込むと、破片を拾い始めた。白く艶《つや》めいた、ふぞろいな破片。皿の輪郭《りんかく》を残して丸みを帯びたもの。尖《とが》った鋭いもの。砂利《じゃり》のように小さなもの。それらの合間を埋めるようにばらまかれた、粉状になったもの。

「――みたいだな」

「え？」

「骨みたいだ。白くて」

医師である夫がそんなことを言うと、本当にその指につままれているものが、何かの骨のように見えてくる。その時ちょうど、皿の裏側に焼き付けられたBONE CHINAという青い文字が目に入った。

「磁器のことをボーンチャイナって言うけど、もしかして骨みたいに見えるからそう呼ばれているのかしら」

「いや、ボーンチャイナには、実際に骨が混ぜ込まれているんだよ」

「え？」

　思わず、拾いかけていた大きめの破片を落としてしまう。

「ボーンチャイナは、翻訳すると骨灰《こつかい》磁器だ」

「ボーンが骨というのはわかるけど、チャイナは中国でしょう？」

「そう、中国だよ。そして中国から伝わった磁器そのもののことも、チャイナと呼ぶようになったらしい」

「じゃあつまり、ボーンチャイナは中国の、骨の混ぜられた磁器ということなのね」

「いや、それがややこしいことに、ボーンチャイナ自体はイギリスで発明されたんだ」

「どういうこと？」

　床から顔を上げて夫を見ると、彼は少し照れくさそうに目を伏せて笑った。

「中国から伝わった真っ白な磁器は、ヨーロッパでとても人気だった。その艶やかな白さに憧れてイギリスでも開発が進められたんだけど、土の種類が違ってできなかったらしい。そこで中国の土の成分に近づけるためにリン酸カルシウムを多く含む牛の骨灰を混ぜたら、白く焼きあげることに成功したそうだよ。だからつまり、中国の磁器に影響を受けてイギリスで開発されたものが、ボーンチャイナ」

「そうだったの……じゃあこのお皿には、骨の灰が混ぜられているのね」

わたしは自分の手のひらにある破片を見る。知らない間に、死んだ動物の骨の上に生きるための食べ物を盛り付け、食事をしていた――

「BONE CHINAと焼き付けられているからには、もちろんそうだろうね。それに、混ぜたからといって、なんでもかんでもBONE CHINAとは銘打《めいう》てない。国によって規格が決められていてね、リン酸カルシウムが規定量以上含まれていなければ認められない。この皿はイギリス製だから、三十五%以上が含有《がんゆう》されているってことになる。日本は三十%、アメリカは二十五%だそうだよ」

この大皿の三割以上が骨灰なのか。

わたしは立ち上がると、食器棚に収まっているセットの残り三枚を取り出した。驚く夫の目の前で、破片と一緒に紙袋に入れる。

「どうして？　それは使えるのに」

「捨てるわ。だって気持ち悪い」

わたしはこの他にもBONE CHINAと記された食器がないか、棚を検《あらた》めていく。コーヒーカップ二客、ケーキ皿三枚を見つけ、わたしは無造作《むぞうさ》に紙袋の中に落とした。がしゃん、と砕けた音がする。

夫は何かを言いたそうだったが、結局「好きなようにしたらいいよ」と微笑《ほほえ》むだけだった。

「それにしても、こんなことをよく知ってるのね」

少しばかり気まずくなった空気を取り繕《つくろ》うように言うと、夫はまた恥ずかしそうな表情をした。

「医学部に入ったばかりの頃、骨の形成や成分に興味を持ってね。勉強するうちに、たまたま文献《ぶんけん》に行きあたったんだ。面白いなと思って、なんとなく印象に残ってた」

今と同じように度の強い眼鏡をかけ、骨について詳細に書かれた文献を漁《あさ》る若い頃の夫を想像する。

「変な人ね」

つい本音が口をつくと、褒《ほ》めてなどいないのに、夫は嬉しそうに肩をすくめた。

わたしがのろのろしている間に、夫はあらかたの破片を拾い、掃除機をかけ、輪っかにしたガムテープでフローリング一帯をぺたぺたと叩き始めた。

「破片って、思いもかけないところまで飛んでるからね。ある日出てきてびっくりすることがある。危ないよな」

ダークブラウンの板の上には、掃除機でも吸いきれなかった埃《ほこり》のように細かな粉が残されている。まるで本物の灰みたいだ。そして紙袋の中にごちゃごちゃと重なった白い破片が、骨壺《こつつぼ》の中の骨のように見える。

「……ちょっとごめんなさい」

わたしは立ち上がると、洗面所へ急いだ。化粧台にもたれかかり、震える手で蛇《じゃ》口《ぐち》レバーをあげる。空っぽの胃から酸っぱい液がかけのぼり、吐いた。

何度かえずいて吐くのを繰り返した後、やっと治まる。口をゆすいで顔をあげると、知らない間に頰《ほお》が涙で濡《ぬ》れていた。

真っ白に焼きあがった骨と灰を思い出してしまった。

夫の骨。

今の夫、英雄《ひでお》ではない。

前の夫、忠時《ただとき》のだ。

おおかたの骨を骨壺に納めた後、銀色の大きなトレイの上に、まさにあんな風に細かな灰が残っていた。よく鍛えられて逞《たくま》しかった体軀《たいく》が、火葬炉から取り出された時にはあっけなく骨格だけになっていた。これが彼の人生の残骸《ざんがい》なのか、と震えた。

そして、あの匂い。

独特の、熱を帯びた、焦《こ》げ臭い匂い――

わたしはまたえずき、吐く。鼻腔《びこう》に、あの時の匂いがまだ残っているようだ。

心から愛していた人の骨を見る。

灼《や》けた骨の匂いを嗅《か》ぐ。

これ以上残酷なことを、わたしは知らない。

「絵里《えり》ちゃん？　どうしたの、大丈夫？」

廊下から、遠慮がちな声が聞こえる。

「なんでもない」

わたしはできるだけ明るい声を出すと、涙に濡れた顔を洗い流した。鏡の中には、地味な顔立ちをした三十路《みそじ》女性の顔が映っている。味気のない、顎《あご》くらいまでのボブ。手入れされていない眉《まゆ》。一重《ひとえ》まぶた。小作りの鼻と口。

わたしは鏡の裏の収納から目薬を取り出し、充血した目にさす。血管を収斂《しゅうれん》させるタイプの目薬は、手放せないものとなっている。忠時のことを思い出して泣くのは一日に何度もあることで、そしてそれを英雄に知られるわけにはいかないから。

ある程度目の充血が取れたことを確認してから、キッチンに戻った。ゴミ箱の脇に不燃ゴミをまとめたビニール袋が置かれ、その隣に茶色の紙袋がある。ガムテープで封をし、『ワレモノ』と太いマジックで書いてあった。

「ありがとう」

夫の姿がキッチンにはなかったので、続きの和室に向かって声をかける。恐らく着替えているのだろう。

「僕、出がけに出しておくよ。今日は近場ばかりで、自転車じゃなくて歩きだから」

案《あん》の定《じょう》、ふすまの向こうから返事があった。軽い衣擦《きぬず》れの音が聞こえる。

「そうしてくれると助かる」

わたしは朝食の支度《したく》の続きに取り掛かる。しゃけの切り身を焼き、みそ汁を温め、ご飯をよそう。ご飯にみそ汁、そして焼き魚というのを毎朝の定番にし、それに日替わりで小鉢をひとつつける。今日はにんじんのきんぴらだ。鷹《たか》の爪《つめ》を入れて甘辛く炒め、仕上げに胡麻《ごま》を振っているところに、着替え終わった夫がやってきた。

「先に食べてね」

「はーい。うまそうな匂い」

席に着くと手を合わせ、食べ始める。わたしもきんぴらを小鉢に盛り、食卓に置くと向かいに座って箸《はし》を取った。

「うん、やっぱりうまいよ、すっごく」

頬張りながら、夫は毎回の食事の度《たび》に言ってくれる。彼もまだ、この始まったばかりの結婚生活に気を遣っているのがわかる。ただし食事がうまいというのはお世《せ》辞《じ》ではないだろう。わたしはもともと料理が好きだし、食堂で調理スタッフのアルバイトもしていた。

「今時、朝メシにおかずが二品もつくなんてすごいよ」

夫は嬉しそうにしつつ、

「でも、毎日こんなに気を遣わなくていいのに」

と遠慮がちに言う。

「気なんて遣ってないわよ」

「でも大変だろ？　朝は絵里ちゃんだって忙しいんだし」

「平気。好きでやってるんだから気にしないで」

それは本心だった。料理をしていると気が紛《まぎ》れる。頭を空っぽにできる。リラックスできる。わたしにとって、料理は癒《いや》しだ。

愛情がなければ美味しい料理は作れない、愛があるからこそ面倒な献立《こんだて》も毎日考えることができると言う人がいる。だけどわたしに限ってはどちらも当てはまらない。食堂では、顔も素性《すじょう》も知らない相手に、たくさんの料理を振る舞ってきた。わたしは自分のために料理をする。相手のためではない。だから相手のことが好きでも、そうでなくても、機械的に一定のクオリティで料理を作ることができる。

そう……たとえ憎んでいても。

「だけどたまには手を抜いていいから。食パン一枚だって、僕は構わないし」

「ううん、いいの。あなたの健康が大事だもん。それに、美味しいって食べてくれると、それだけでもう報《むく》われた気分になるから」

わたしが笑顔で言うと、夫は咀嚼《そしゃく》しながら、はにかむように目を伏せた。この人は内気で、恥ずかしがり屋だ。

「なんだか不思議だな。僕がこんな結婚生活を送れるなんて、夢にも思わなかったよ」

しみじみしそうな空気を避けたくて、わたしは日本茶をいれた湯飲みを食卓に置くと、「お洗濯物、干しちゃうね」とダイニングを出た。

風呂場の脇に設置してある洗濯機から洗濯物を取り出し、庭に出て干していく。

真夏の、灼けつくような暑さ。朝だというのに、刺すような日差し。頭のてっぺんから焦げていくようだ。

帽子をかぶればよかったと後悔しながら、取りに戻るのが面倒で、そのまま干していく。

夫の大きなYシャツを広げ、ふと手が止まる。忠時が死んだというのに、わたしは他の男の為に食事を作り、他の男のシャツを干している。今でもすべてが夢で、振り向けば忠時が笑ってくれているような気がする。

　けれども彼はもういないのだ。

　わたしは唇《くちびる》を噛みしめ、涙をこらえながら、手を動かしていく。かがんで洗濯物を入れたバスケットに手を伸ばし、何気なく視線が植え込みに行った。

　ペチュニアやニチニチソウの根元、黒っぽい肥料に混じって、白いものがごろごろ転がっている。肥料の足しになればと置いた、卵の殻《から》だ。そういえば、あれも土に埋まった骨みたいだ。

　わたしは洗濯物を干し終えると、急いで卵の殻の上に追加の肥料をかぶせた。白いものが見えなくなっても、わたしは震える手でさらに土をかぶせていく。脳裏《のうり》から消えない、忠時の骨の記憶を埋め尽くすように。

　それでも、いくら頭の中から消そうとしても、それは沼からあがる死んだ魚のように、ぽっかりと浮かび上がってくる。

　忠時の骨。

　上半分がばらばらに砕けた、頭蓋骨《ずがいこつ》――

　眩暈《めまい》がしそうになった時、玄関の方から声がした。大きく息を吸って気持ちを落ち着けてから立ち上がり、リビングから入って玄関へと抜ける。夫が靴を履いているところだった。

「今日は原《はら》さんの透析《とうせき》に付き合うから遅くなる。晩メシ、出してもらえるから作らなくていいよ」

「わかった。気をつけてね」

Tシャツにスラックスの夫は、とても医者には見えない。黒縁《くろぶち》の眼鏡だけが少々インテリっぽい雰囲気を醸《かも》し出しているが、それ以外は普通の、ラフなおじさんだ。白髪を染めようともせずそのままなので、四十二歳という実年齢より若干《じゃっかん》老《ふ》けて見える。中肉中背《ちゅうにくちゅうぜい》で、ハンサムでも不細工《ぶさいく》でもなく、これといって特徴のない人。

「平凡な方が、患者さんが警戒しないからちょうどいいよ。それと、白衣は基本的にNG。子供の頃の記憶があるのか、お年寄りになっても白衣を嫌がる人は多くてね」

だから訪問診療を専門にするにあたり、この格好に落ち着いたのだと、夫は笑っていた。

夫は三和土《たたき》に置いてあったゴミ袋、紙袋、そして往診鞄《おうしんかばん》を持つ。ふさがった両手でドアを開けにくそうにしていたので、わたしもサンダルをつっかけて三和土に下り、開けてやった。

「サンキュ。うわ、今日も暑いなあ」

「門も開けるわね」

先にドアから出て、門を押さえてやる。

「いってらっしゃい」

「うん、いってきます」

ゴミ袋を持った片手を軽く上げ、夫が門を出て行く。どこかぎこちない彼の背中が、わたしの視線を意識しているのがわかる。入籍し、同居を始めてまだ三日目。見送られることに慣れていないのだ。

集積所にゴミ袋を置くと、夫が振り向いて玄関の方向を指さし、「もう入りなよ」と口パクで言う。そしてわたしも「いいの」と口パクで返す。この三日間、毎日交わされるやり取り。

夫は再び歩き出し、何度か振り向く。わたしはその度に、満面の笑みで手を振る。角《かど》を曲がって完全に見えなくなるまで、わたしはずっと夫の背中を見送った。

2

夫の姿が見えなくなった途端、わたしの顔から一瞬で微笑が蒸発する。そのまましばらく待ち、夫が戻ってこないことを確認すると門を閉め、玄関のドアには鍵とU字ロックをかけた。

リビングに行き、テレビをつける。タレントがコメンテーターを務める、朝のワイドショー。ニュースに加えて、お笑い芸人が料理を披露《ひろう》するコーナーや、話題のグルメレポート、芸能ゴシップなどがほどよく混ざっている。主婦層を対象にした、やわらかい番組だ。

だからわたしは、いつもこの手の番組をつけっ放しにしている。万が一、突然夫が帰って来ても、お気楽な主婦を演出できるように。

テレビの音声を聞きながら、わたしは庭に面したリビングのカーテン、和室の障子《しょうじ》を閉める。そして昔ながらの茶簞笥《ちゃだんす》の引き出しを開けた。

銀行の通帳、年金手帳、ねんきん定期便、クレジットカードの明細などが、無造作に押し込まれている。わたしはそれらを取り出すと、ひとつひとつ、ページごとに自分のスマートフォンで写真を撮っていく。本当は紙のコピーをとる方が読みやすいが、夫に見つかる可能性を考えると、デジタルで記録しておく方が安全だ。

通帳は七つの金融機関のものがあり、それぞれ繰り越し前のものも揃っている。歴代の通帳は各金融機関ごとにざっと十冊以上はあり、一ページごとに撮影するのはなかなか手間がかかる。印字が薄くて見にくい場合があったり、時々添えられている手書きのメモも鮮明に写るように、光の当て方を工夫するなど調整が必要だ。けれども、どのページもおろそかにできない。どこに何のヒントが隠されているか、わからないからだ。

通帳を開き、両端を本で押さえ、シャッターを押す——この作業には思ったよりも手間がかかってしまい、昨日は銀行三つ分しか撮影できなかった。今日こそは全部撮り終えることができるだろうか。

忠時が死んだという連絡が警察から入ったのは、一年半前のことだ。

真夜中を過ぎていたが、遅くなるというメールをもらっていたので、わたしは心配せずにインターネットを使った英会話授業を受けていた。

滅多《めった》に鳴らない固定電話が鳴った。

それだけでもドキッとするのに、時間が時間だ。受話器を取る前から、嫌な予感しかしなかった。

電話は警察からだった。すぐにタクシーを飛ばして警察署へ行った。

地下の質素な霊安室。白い布をかぶせられた台。こういうの、ドラマで何度も見たことがある。この布をのけて顔を確認し、遺族が泣き崩れる場面。その立場に自分が今いることが、とても信じられなかった。

警察官が布を持ち上げる前から、すでにわたしは号泣《ごうきゅう》していて、女性警察官にしがみつくようにして立っているのがやっとだった。顔を確認したら、気を失ってしまうと思った。しかし警察官は胸から下の布を半分ほどずらしただけで、顔を見せようとはしなかった。

「お顔は……ちょっと今は、ご覧になれない状態ですので」

警察官は、言いにくそうに続けた。

「お体などの特徴から、ご判断いただけないかと」

「見られないっていうのは、どういうことですか？」

顔を見るのが怖いと思っていたのに、いざ見られないとなると、急に不安になった。

「それは」

警察官二人が、一瞬迷うように視線を交わした。

「その、お亡くなりになった原因が……転落死でして」

「転落死……？」

遺体がどういう状態になるか、わたしでも想像がつく。くずおれそうになるわたしを、女性警察官が慌てて支えた。

「いかがでしょう。どこか、特徴は……」

申し訳なさそうに促《うなが》されて、目をそらしていた台に視線を移す。忠時は裸で、色白だった肌は青黒くなっていた。丸太のように足が投げ出されていて、青白い蛍光《けいこう》灯《とう》の下で妙にすね毛が黒々としている。

赤の他人でありますようにと願いながら、遠巻きに体を見ていく。――と、下腹部にある線状のケロイドに目が吸い寄せられた。忠時には、盲腸《もうちょう》の手術の痕《あと》があった。だとしたら、やはりこの遺体は忠時なのか。

いいや、違う……遠のきそうな意識を振り絞って、わたしは遺体の左手を見た。薬指には、何もはまっていない。

「これ、主人じゃありません！」

わたしは声高《こわだか》に言った。

「結婚指輪をしてるはずなんです。だけど、これはしていないもの」

「……そうですか、なるほど」

警察官は頷《うなず》いてから、しばし黙り込んだ。彼は、この遺体が忠時のものだと確信しているようだった。

「では、所持品をご確認いただけますか？」

示された方を見ると、財布や携帯電話、車の鍵などが置かれている。思わず悲鳴をあげたのは、革の財布にしみ込んだ血が生々しかったからではない。その財布が、わたしがプレゼントしたものだったからだ。財布だけじゃない。潰《つぶ》れた携帯電話も、ひしゃげた車の鍵も、忠時の物に間違いなかった。

「ご主人の物でしょうか?」

わたしは答えられず、ただ叫んでいた。それで充分《じゅうぶん》だと判断したのか、「ご苦労様でした。もう結構です」と警察官が言い、わたしは女性警察官にかつがれるようにして廊下に出た。

——だいじょうぶですか、ちょっとすわりましょう、なにかのみますか。

そんな声が聞こえた気がする。が、耳から聞こえるものも、目に見えるものも、何もかもが遠く感じた。皮膚の感覚もなかった。女性警察官に上半身を支えられているのに、肌が厚いゴムになってしまったかのように、ほとんど何も感じない。

飲み物を与えられ、廊下のベンチで少し休むと、別室に連れて行かれて警察官に色々と聞かれた。最後に会ったのはいつか、その後に連絡はあったか、変わった様子はなかったか。色々なことを聞かせてもらうのはこちらだと思っていたわたしは、戸惑いながら、泣きじゃくりながら、ひとつひとつ答えていった。最後に会ったのは今朝です、昼過ぎに帰りは遅くなるというメールが来ました、変わった様子はなかったです。一通り答え終わった後、わたしはずっと気になっていたことを聞いた。

「あの……主人はいったいどこで……」

「マンションのベランダから転落なさいました」

「……マンション？」

「ええ。谷本町《たにもとちょう》の」

警察官は、わたしが知っていて当然という口調《くちょう》だ。

「そこに夫がいたんですか？　なぜ？」

「なぜって……ご主人が借りられていたんですよね？」

今度は警察官が困惑する番だった。

「その部屋の賃借人《ちんしゃくにん》の名義を確認したら、ご主人になっていました」

夫とわたしは分譲《ぶんじょう》マンションに住んでいる。中古だし、広いとは言えないが、一応は3ＬＤＫで、夫婦二人にしては充分な部屋数だ。他に部屋など借りる必要はないはずだ。

わたしが混乱していると、警察官は「ちょっと失礼します」と部屋を出て行ってしまった。代わりに来たのは、年配の男だ。制服でなく私服を着ている。刑事らしき男はわたしの前に座ると、口を開いた。

「ご主人が別に部屋を借りられていることを、ご存知なかったということですか？」

「ええ。だって、そんな必要もないし。あの、何かの間違いじゃありませんか？　もしかしたら名義だけ貸していたとか」

「管理人によると、確かにご主人が利用していたとのことです」

「そんなはずは……」

「部屋の状況からみると、仕事場にされていたようですね」

「仕事場？　主人はサラリーマンです。ありえません」

「どちらにお勤めでしょうか」

わたしは何かの時の為にと一枚だけ財布に入れて持ち歩いていた、夫の名刺を取り出した。

「ほう、安間《やすま》製薬にお勤めですか」

安間製薬は大手の製薬会社だ。そこに勤めていることは、夫の、そしてわたしの誇りだった。

「そうです」

「しかし、うーん……」

唸《うな》った後、妙だな、と小さな声で続けたのを、わたしは聞き逃さなかった。

「妙って、何がですか？」

「いえ……ちょっと失礼します」

刑事はドアから出て行き、小さな紙きれを持ってすぐに戻ってきた。

「奥さん……ご主人はサイドビジネスなどをおやりではありませんか？」

刑事は座り直すと、そう聞いた。

「サイドビジネス？　いいえ、主人はそんなこと……」

わたしの目の前に、刑事は紙きれを差し出した。名刺だった。

㈱エターナル・パートナーズ
代表取締役　川崎　忠時

洒落《しゃれ》た、けれども何をする会社なのかわからない社名の下にあるのは、夫の名前だった。その下に続く所在地は谷本町になっている。これが現場となったマンションなのか。

「ご主人の財布に入っていたものです」

「……見たことありません。いつの間に主人はこんな名刺を――」

「朝になったらお勤め先にも問い合わせてみますが、もしかしたら独立する準備でもされていたのかもしれないですね」

どちらかというと野心的な人だった。同期よりも早く出世することを望み、進んで派閥《はばつ》に属し、面倒な上司にも根気よく付き合う。その甲斐《かい》あって、同期では最速で課長になった。確かに、独立開業を視野に入れていたとしても不思議はない。ただ、わたしに何の相談もなかったことが引っ掛かる。

「ご主人が悩んでいる様子はありましたか？　たとえば借金とか――」

「待ってください。まさか……自殺だと思ってるんですか？」

「それはまだ、何とも。この時点では、我々はあらゆる可能性を考えなくてはなりませんので」

「忠時は……主人は強い人です。自殺なんてするはずがありません。そもそも悩みなんてありませんでした。仕事もうまくいっていたし、結婚生活だって――」

食ってかかるわたしを、刑事はやんわりと遮《さえぎ》った。

「わかりました。先ほども言いましたように、今は色々な可能性を考慮し、ひとつひとつ検証していく必要があるんです。これから事故や殺人も視野に入れて――」

そこまで言い、刑事は慌てて口をつぐんだ。

「とにかく、総合的に探るのが我々の仕事ですから」

取り繕うように刑事が咳払《せきばら》いをする。

けれども殺人、というどぎつい言葉は魔物のようにわたしの耳をざらりと舐《な》め、悪い予感が鳥肌となって全身を覆《おお》った。

「ところで奥さんは今日の夜、どこで何をしていらっしゃいましたか」

「ずっと自宅にいました」

「証明できる人は？」

「インターネットで英会話の授業を受けていたので」

「ああ、なるほど」

刑事はさらさらと何やら書きつけている。

「まさかと思いますが、わたし、疑われてるんですか？」

「いえいえ、形式的なことです。現場に奥さんがいらっしゃらなかったことはわかっていますよ。転落した時間もはっきりしています。複数の住人が音を聞いていますのでね。それに目撃者がいます。ご主人はお一人だったということでした」

「目撃者が……いるんですか？」

「ええ。その人が通報してくれたんです」

「その人は、主人以外誰もいなかったと言ってるんですか？」

「はい」

だから自殺の線を第一に考えているのか。もしかしたら、という疑念が湧《わ》くと同時に、そんなはずはない、と強く否定する。ここでわたしが信じなくてどうする。

わたしは気力を奮《ふる》い立たせ、やっとこれだけ言った。

「自殺でないのなら、事故だと思います」

「それはまあ、なんというか……」

刑事の歯切れが、急に悪くなった。数日後、その理由がわかる。

その目撃者であり通報者が、容疑者として逮捕されたからだ。


スマートフォンの画面と被写体を交互に見ることを繰り返していたら、目が疲れてしまった。わたしは立ち上がってキッチンへ行くと、冷蔵庫からミネラルウォーターを取り出して飲む。ひと息ついて首をゆっくり回した時、見るとはなしにワイドショーが目に入った。

大麻所持容疑で捕まった俳優が、どこかの警察署の前で、報道陣に向かって深々と頭を下げていた。決定的な証拠が出てこず、処分保留で釈放《しゃくほう》となったとテロップで説明が入る。フラッシュの嵐に照らされる、憔悴《しょうすい》した、しかし乗り切ったのだと安堵《あんど》したような表情。

英雄が釈放された時のことを、わたしは鮮明に思い出す。注目を集めた事件だったから、たくさんの報道陣が集まっていた。英雄には弁護士などの付き添いはおらず、一人だった。やつれ切り、神妙《しんみょう》な表情をしていたが、タクシーに乗り込む直前、口元に薄く微笑が浮かんだように見えた。

あの日わたしは、司法の手からやすやすと逃れていく英雄の姿を、テレビの画面越しに唇を嚙んで眺めるしかなかったのだ。

――最愛の夫、忠時を殺した男の姿を。

3

容疑者として初めて英雄の写真を見せられたのは、いつだったか――そう、あれは確か忠時の死から四日後のことだ。

忠時の死を受け入れられずに寝込んでいたところへ、刑事から電話があった。なかなか遺体を返してもらえなかったので、てっきり引き取り手続きの連絡かと思ったら、話があるので自宅まで来るという。

何の話だろうか。

やはり自殺だったと断定されたら――

刑事が来るまで気が重く、じっとりと全身にイヤな汗をかいた。忠時を失ってしまった今となっては、自殺ではないとはっきりすることだけが精神的なよりどころだった。

訪ねてきた刑事二人は、出迎えたわたしの顔を見てぎょっとしていた。両方のまぶたが真っ赤に腫《は》れ、顔全体がむくんでいるのに、食事をしていないので頰だけがげっそりとこけている。水分もろくに摂《と》れず、摂っても胃が受けつけずに吐いてしまうからか、肌は水分を失って粉をふいていた。

刑事たちは気を取り直したように、それぞれ名乗った。年若い方が鎌田《かまた》、年配の方が吉岡《よしおか》ということだった。吉岡は先日警察署で話した刑事だと、わたしはぼんやりと思い出していた。

わたしは二人を招き入れ、リビングへと先導する。廊下からリビングに足を踏み入れた途端、背後で二人が息を吞む気配が伝わってきた。

ゴミが散乱し、取り入れた洗濯物はそのまま床に置かれ、服や靴下などもソファに脱ぎ散らかしてある。続きのダイニングにある食卓の上にはタッパーウェアに入ったままのおかずやカットフルーツ――これまで近所付き合いなどなかったが、ニュースを見たのか同じ階の住人が差し入れをしてくれた――が放置されたまま腐っている。そして少しでも栄養をと思いコップに注いだものの、一口しか飲めなかった牛乳が、豆腐のように固まって悪臭を放っていた。

そういえばシャワーすら浴びていないことに、その時気がついた。頭皮はべとつき、髪が汚れで丸まっている。着っぱなしの部屋着からは、かすかにすえた臭いがした。しかし、わたしにとっては、何もかもがどうでもよかった。

「どこでも適当に座ってください」

そう言ったもののどこにもスペースはなく、二人は結局ソファに置きっぱなしの新聞や雑誌、チラシなどをよけてわずかな隙間を作り、尻を落ち着けた。わたしは向かいの一人がけのソファに、服の上から構わず座る。

「この男に見覚えはありませんか？」

早速、吉岡が写真を出してきた。見たこともない男だった。特に特徴のない風貌《ふうぼう》で、眼鏡以外、何も印象に残らない。

「いいえ、知らない人です。この男が、どうかしたんですか？」

「ご主人を殺害した容疑者として拘束《こうそく》しました」

わたしは驚き、もう一度写真を見た。この男が、夫を？　いや、それより——

「夫は……殺されていたんですか？」

自殺なら耐え難いと思っていたが、誰かに命を奪われたというのも、体が震えるほどの衝撃だった。

「我々は、そうみています」

「だけど、だけど……」

この男は誰？　何の目的で？　なぜ夫に目をつけたの？

聞きたいことはたくさんあるのに、何一つ言葉として出てこない。察したように、鎌田が言った。

「この男は久保河内《くぼかわち》英雄といいます。ご主人からお名前をお聞きになったことなどはありませんか？」

くぼかわち、とはずいぶん変わった名字だ。一度耳にしたら絶対に忘れないだろう。

「ないと思います。何者なんですか？」

「市立病院に勤務する医者です」

「医者……？」

わたしはあらためて、写真を見た。忠時が担当していた病院の医師だろうか。

「でもなぜ夫を――」

「それは現在取り調べ中ですが、我々は金銭がらみではないかと睨《にら》んでいます」

「金銭……強請《ゆす》りとか、そういうことですか？」

「いいえ、そういう類《たぐい》ではなくてですね……詐欺《さぎ》なのです」

「医者が詐欺を？　社会的信用を悪用して人を騙《だま》すなんて、最低な人間。きっと夫に詐欺だと気づかれたから、殺したのね。ひどすぎるわ……」

　思わず涙がこみあげ、頬を伝う。五日間分の涙の塩分で荒れきった頬が、さらにひりついた。

「あ、いや、それはですね」

　鎌田と吉岡が、目配《めくば》せをする。鎌田が軽く咳払いし、言った。

「その前にお伺いしておきたいのですが、奥さんは、ご主人が会社を退職なさっていたのをご存知でしたか？」

「……え？」

　涙をティッシュで拭《ふ》きながら、刑事を見る。

「会社を辞めていたんですか？　主人が？」

「どうやらそのようです。あれからいただきました名刺の連絡先に確認したところ、早期退職されたということで」

「早期退職って、つまりリストラ……ってこと？」

「それは、わたしどもには何とも」

　鎌田が言葉を濁《にご》す。

「いつ？」

「半年前だそうです」

　そんなはずはない。毎日出勤していたし、生活費だって、ちゃんといつも通り渡されてきた。

「何かの間違いじゃ……」

「いいえ。お勤め先まで出向いて、写真も確認してもらった上での情報です」

「そんな、だって……」

「安間製薬が外資系の会社に買収されたことで体制が変わり、何名かが早期退職の対象になったそうです。その中にご主人も入っていたと伺いました」

「買収……そんなことが……」

「では、奥さんはご存知ではなかったんですね」

「もちろんです。だって毎日会社に行ってましたし、生活費だって……」

栄養と水分の不足した脳みそが、考えることを拒否する。言葉を失っているところに、ここからが本題だというように吉岡が身を乗り出してきた。

「退職された後でも、お金に困ったことはなかった、ということでしょうか？」

「もちろんそうです。このマンションのローンの支払いだって滞《とどこお》りなかったですし、生活費に関しては多くなったくらいです。臨時手当が出たからって言ってました」

「ほう」

吉岡の目が光り、何かを書きつける。

「だけど今思えば、退職金を取り崩していたということなんですね。わたしに心配をかけないように、それまでと変わらない生活を……」

語尾《ごび》が涙で濁る。

「詐欺師は退職金を狙ったのね。いったい、何の詐欺なんですか？」

「投資詐欺です」

腑《ふ》に落ちた。

リストラ後も夫はわたしのために、懸命に毎日の生活を維持してきた。しかし退職金にも限界がある。なんとか増やそうとしたのではないか。

一言相談してくれればよかったのに。わたしの前では決して弱音を吐かず、常に強くあろうとしている人だった——

「医者のくせに、ひどい男」

わたしは吐き捨てる。

「いいえ、実はですね、奥さん。久保河内は、被害者でして」

「え？　容疑者なんでしょう？　この人も殺されたっていうこと？」

「いいえそうではなく」吉岡が咳払いをする。「投資詐欺の被害者です」

意味がわからず、ただぼんやりと刑事を見つめる。

「投資詐欺を行っていたのはね、奥さん——ご主人の忠時さんの方なんです」

どれくらいの時間がたっただろう。

しばらく、ただ茫然《ぼうぜん》としていた。刑事二人も微動《びどう》だにせず、じっとわたしの反応を見守っている。

「そんなはずは……」

やっとわたしが言ったのは、それだけだった。そこで再び言葉を失い、何も考えられなくなる。あとからあとから涙はこぼれるのに、口の中は干上《ひあ》がっていた。

「ということは、奥様は詐欺に関してもご存知なかったということでよろしいですか？」

「当たり前です！」

詐欺の加害者だと決めつけたような物言いに、思わず二人を睨みつけた。

「そもそも何かの間違いです。夫が人を騙したりするはずはありません」

「いやしかし……」吉岡は言いにくそうに続けた。「ご主人が詐欺に関わっていたという証拠がありましてね」

証拠、という言葉を聞かされても、まだ信じられなかった。死を受け入れるのすら辛いわたしに、夫が犯罪者だとのたまうのかと、怒りすら湧いてきた。

しかし、深刻そうな二人の視線を目の当《ま》たりにして、自信が揺らぐ。百戦錬磨《ひやくせんれんま》

の刑事たちにここまで確信させる証拠というのは──

「今回の現場となったマンションに、こういうものがありまして」

久保河内英雄の顔の隣に、写真の束《たば》が置かれた。パンフレットの表紙を接写したものだ。手にとって見ると、「豊かな未来へ──」という題字、そして外国かどこかの美しい風景の画像がある。その次の写真はパンフレットの中のページのようで、こう書かれているのが読めた。

○水源のオーナーになりませんか？
スイスのアルプス山脈といえば、採水地として有名です。

スイス産のミネラルウォーターを購入されたことがある方も、少なくないでしょう。カルシウムやマグネシウムが豊富で、硬水ではありますが、口当たりは非常にやわらかく、おいしいのが特徴です。

ところでミネラルウォーター市場は、健康志向ブームに乗って、年々拡大傾向にあります。健康に気を遣う人は、必ずといっていいほど、水にもこだわるものです。

その、今後も成長を続ける市場に、参画できるとしたらどうしますか？　採水地の共同オーナーになれるとしたら？

弊社はこの度、アルプス山脈で新たに発見された水脈の採水権を取得いたしました。そして今回特別に、その権利を個人の方にもお譲りし、パートナーとなっていただくことにいたしました。あなたもぜひこの機会に、個人パートナーになってみませんか？

出資金額　一口　二十万円

一読しただけで、うさん臭いものを感じる。次の写真はどうやら裏表紙で、エターナル・パートナーズという社名と所在地――忠時が亡くなった時に持っていた名刺にあったものと同じ――が記してあった。

何をどう考えてよいか、わからない。頭が真っ白になる。

「こんなパンフレットが、夫の部屋に？」

「そうです。調査の結果、この会社の登記《とうき》も存在しませんし、採水権といったものも確認できませんでした」

「この医者が、架空の採水権の個人パートナーになったということなんですね？」

「いいえ、採水権に関しては他に被害者がいます」

他に、という言葉に、わたしは思わず写真から顔を上げて刑事たちを見た。

「騙されたのは、この人だけじゃないってこと？」

「そうです。実はご主人に対して、被害届が三件出されていました。のちほど元本と配当分の返金があったそうなので取り下げられたようですが。残りの写真もご覧になってください」

次々と写真をめくっていくと、全く同じ形態のパンフレットで、文言《もんごん》や画像だけが違うものが出てきた。採水地の代わりに茶畑だったり、魚の養殖場だったりしたが、共同オーナーとしての出資を募《つの》る点は共通している。これ以上見るのが怖くなって、わたしは残りの束を膝《ひざ》の上に伏せた。

「ご主人は相手が興味を持ちそうなものに合わせてパンフレットを作り替え、投資金を集めていたようです。返金されたので事件化はしなかったものの、会社も投資対象も架空であることから、詐欺を働く意志があったのは間違いないと見ています」

「そんな……」

血の気が引いて手足が震え、まだ見ていない写真がばらばらと床に落ちた。その中の一枚に、どきりとする。ぬらぬらとした赤いもの――臓器？

「これは……」

「心臓です」

「心臓？　まさか主人は、そんなものまで売ってたっていうの？」

やけ気味で言った冗談だったが、刑事たちは真面目な面持《おもも》ちで「その通りです」と頷いた。

「え？　まさか……」

鎌田が別の写真を拾い上げ、わたしに見せる。そちらには、半透明の管がついた、不思議な形の機器が写っていた。

「人工心臓です。ご主人はこの久保河内という医者に対して人工心臓の開発を持ち掛け、出資を受けています」

「人工心臓だなんて、そんな大それたこと……素人《しろうと》が開発なんてできるはずないのに」

「ええ、だからこそ……」鎌田が言葉を濁したところを、

「明らかな詐欺だということです」と吉岡がきっぱりと言い切った。

「突然のことでお気の毒だとは思います。ご主人を亡くされたばかりで、我々も心苦しいですが、真相解明のためにどうかご協力ください」

二人は揃って頭を下げた。わたしはやっと、どんなに否定しようとも、忠時が詐欺に関わっていたことは動かしようのない事実なのだと思い知った。おそらくこの五日間、遺族であるわたしを不用意に脅《おびや》かさないために徹底的な裏付け捜査をし、確証を得たうえで訪ねてきたのだ。

「誰が――」

呆然《ぼうぜん》と黙り込んでいたわたしがやっと口を開いたので、聞き逃すまいと二人は前のめりになった。

「誰が夫を巻き込んだんでしょうか。首謀者《しゅぼうしゃ》がいるはずです」

「はっきりしたことはわからず現在も捜査中ですが、ご主人は単独で行動されていたようです」

「――まさか」

「被害届を出した人たち、また、久保河内の証言によると、ご主人以外と接触したことはないと言っています」

「だからって、仲間がいないとは限らないでしょう」

「仕事部屋として借りられていたマンションからパソコンや携帯電話を押収し、解《かい》析《せき》しましたが、被害者以外とやり取りしていた形跡は見られません。また、受け取った金が他へ流れた様子もありません」

夫は一人で、こんなことを――

「被害額は……どれくらいなんですか？」

「三十万円、五十万円など小口なものが三件ですが、久保河内のケースでは――三千万円です」

わたしは目を見開いた。殺害する動機となりうるのに充分な額だと、急に現実味を帯びてくる。

「そんな大金を、夫が……？」

「はい。確かに、ご主人の口座に振り込まれていました」

「いつ？」

「四ヶ月前です」

その金が、わたしたちの生活費になってきたということなのか――

「この男は」

くぼかわち、と呼びたくなくて、顎で示す。

「認めているんですか？　夫を殺害したことを」

「いいえ、否認しています。最初は通報者、目撃者として聴取《ちょうしゅ》していたのですが、ご主人と面識があること、また被害にあっていることがわかり、疑い始めたのです。何度か現場のマンションに出入りしていたことも、住民から確認が取れました。また、事件の直前、マンション近くの居酒屋で、二人が言い争うのを目撃されています。ご主人の部屋の中から、久保河内の指紋も見つかりました。口論のあと、ご主人が先に店を出たことはわかっていますが、久保河内は殺すために部屋まで追いかけたのだと、我々は考えています。このあたりは証拠がないので、想像になりますが」

「マンションの防犯カメラには映っていないんですか？」

「あいにく、古いマンションでして。エレベーターにはついているんですが、階段を使われてしまえば映らないいんです」

「そうですか……」

「久保河内の目撃証言が曖昧《あいまい》なのも、さらに疑いを深めた理由です。最初は忠時さんがベランダから落下したと言っていたのですが、鑑識《かんしき》の結果、別の窓から落ちたということがわかったんです」

　鎌田が写真を出してくる。馴染みのない部屋が写っていた。雑然とパンフレットのようなもの――おそらくさっき見せられた――が積み上げられ、デスクの上にノートパソコンとプリンターが置かれ、壁際に小さな本棚が一つあるだけの、殺風景《さっぷうけい》な部屋。

　こんな状況なのに、少しわたしは嬉しくなった。女を囲っていたのでなくてよかった。浮気より詐欺の方がよっぽどマシだ――そんなことを思うわたしはおかしいのだろうか。

「ご主人の部屋はワンルームで、東側に小さなベランダがあり、その隣に腰窓があります。腰窓の枠、そしてその下の外壁にこすれた跡があり、ご主人は目撃証言のようにベランダからではなく、腰窓から落ちたのだと判明しました」

　続きを、吉岡が引き取る。

「そのことを久保河内に問いただしたところ、落下するところを本当は見ていない、自分が駆《か》け付けた時にはすでに下に忠時さんが落ちていたので、咄嗟《とっさ》にベランダから落ちたと思っただけだ、と証言を変えました。つまり嘘を認めたということです」

「だけど、どうしてそんな嘘を?」

「自殺ということにしたかったのではないかと我々はみています。ベランダから人間を、しかも男性を突き落とすというのは、たとえ男であっても至難《しなん》の業《わざ》ですから。その点、腰窓からであれば簡単です」

「他に目撃者はいないんですか?」

「その瞬間を見ていた人は誰もいません。ただ、同じマンションの一階の住人が、ものすごい音がしたので、窓から顔を出しています。その時に忠時さんの姿を見て、腰を抜かしたそうです。少しすると久保河内がどこからかやってきて、駆け寄り、声をかけていたと言っています。久保河内がやってきたという方角は、マンションの正面玄関の方からだそうです。だから突き落としてから降りてきたという可能性もあるし、久保河内が嘘をついておらず別の場所から来た可能性もある。ただ、色々な状況を鑑《かんが》みると、久保河内が犯人であると考えるのが自然で、しかも動機があるということで、身柄を拘束しました。本人は否認していますが――まあ、まず認める犯人はおりませんので――、我々は捜査を続けて、しっかり証拠を固めていきます」

よほどわたしが不安げな表情をしていたのだろう、吉岡が優しい口調で言った。

「奥さん、ちゃんと我々が真相を突き止めますから」

また連絡すると言い、二人は帰っていった。

刑事たちが帰ると、わたしは冷凍食品のスパゲッティを取り出して電子レンジで解凍調理し、むさぼるように食べた。これまでの分を取り戻すように、りんごジュースもたっぷり飲む。

それからゆっくりとシャワーを浴びた。凝《こ》り固まった筋肉が、熱い湯の下でほぐれていく。

忠時を殺した奴がいるのだとわかった今、こんな屍《しかばね》のような生活などしていられない。絶対に久保河内に殺害を認めさせてみせる、裁きを受けさせてやるという怒りが、皮肉にも生きる気力に火をつけた。

シャワーを終えると、きちんと髪をブローする。出かける予定はないがメイクもし、明るい色のチュニックに白いパンツを身に着けた。身なりを整えれば、心にも芯《しん》が通る。これは、わたしなりの武装だ。

それから生ゴミをまとめてベランダに出し、洗濯物を畳《たた》み、ざっとリビングを片付ける。掃除機をかけたところでさすがに疲れてソファに座り、何日もつけていなかったテレビをつけた。

何気なしにザッピングしていると突然、千葉県A市谷本町のマンションから男性が転落した事件で……と聞こえてきた。報道番組らしく、女性アナウンサーが神妙な表情で座っている。慌ててボリュームを大きくした。

「……警察は容疑者として、市内に住む男の身柄を拘束したということです。亡くなった川崎《かわさき》さんは投資詐欺に関わっていた疑いがもたれており、警察では容疑者とも何らかのトラブルがあり、事件に発展したとみています」

もうこんなニュースが流れているの？

愕然《がくぜん》とした途端、ドアホンが鳴り、びくりとする。マンションの共同玄関を映すモニターには、見知らぬ男の顔のアップが映っていた。身なりからすると宅配業者ではなさそうだ。応答ボタンを押そうとしてよく見ると、その背後に何人も立っている。彼らは押し合いへし合い動いていて、ちらちらとマイクやカメラのような機材が見えた。

――マスコミ……！

ニュースとして流れる前から、報道陣には情報が回っていたに違いない。忠時の転落死はローカルニュースでも扱われたし地元の新聞にも載ったが、マスコミなど一人も来なかった。なのに詐欺に関わっていた可能性を知るや、こんなに押しかけてくるなんて。

ドアホンが鳴り続ける。報道の自由、という大義名分を背負った彼らは容赦《ようしゃ》がない。

そのうちに、ドアホンの鳴り方が変わった。階下の共同玄関と、個別の専用玄関のメロディは違う。そして今鳴っているのは、専用玄関の方だ。共同玄関に群《むら》がっているグループがドアホンを鳴らす前に、すでに別班が他の住民が出入りする時を狙って入り込んでいたのか。

モニターには何人もの男女がひしめくとともに、戸口から「いるんでしょ？」「お話を聞かせてください」と直接聞こえてくる。

ドアホンのメロディが交互に鳴り、カメラも交互に切り替わる。そのうちに共同玄関の方は管理人が出てきて、追い払っているのが見えた。すぐここにも来てくれるだろう。

「投資詐欺に奥さんは関わっていたんですか？」

「逮捕された容疑者の方は、被害者でもあったということですよね。それについてどう思われますか？」

「三千万円という金額のことも我々はつかんでいます。一度出てきて、ちゃんと説明してくださいよぉ」

玄関のドア越しに、容赦のない声が続く。頭に血がのぼり、怒りにまかせてドアを開けた。

「帰ってください！　夫は殺されたのよ？　悪いのは犯人の男に決まってるでしょう！　どうして夫を責めるの⁉　犯人を責めなさいよ！」

途端に、容赦なくフラッシュが浴びせられた。シャッターを切る連続音が、蟬《せみ》しぐれのように内廊下に響く。マイクとカメラがこちらに迫ってきたので慌ててドアを閉めようとしたが、強引に突っ込まれた記者の足が遮った。

「ではご主人に非はなかったとおっしゃるんですね？」

「ええ、そう考えています」

「パンフレットを見ましたか？　かなり悪質ですが」

「知りません。ちょっと、部屋の中を撮るのはやめてください！」

そこへ管理人が駆けつけ、記者連中を蹴散らしてくれた。急いでドアを閉め、鍵をかける。ドア越しに「不法侵入で訴えますよ」と言う管理人に対し、「親戚が住んでるんで」と悪びれない答えが聞こえてくる。追い立てられてぞろぞろとエレベーターに乗る様子が、のぞき穴から見えた。

やっと静かになり、わたしは息をつく。のろのろとリビングに戻り、つけっ放しになっていたテレビを消し、ソファに倒れこんだ。今のやり取りだけで、ものすごく消耗していた。

テレビボードに置いてある写真立てから、タキシード姿の忠時が微笑みかけている。結婚式をあげる代わりに写真館で撮影したものだ。忠時の隣には、白いドレス姿のわたし。二人そろって、とても晴れやかな表情をしている。

「俺がずっと、お前のことを守る。俺たちは、この世界で二人きりなんだから」

それが彼からのプロポーズの言葉だった。そしてその約束通り、彼はずっとわたしのことを守ってきてくれた。わたしに不自由な思いをさせまいと懸命に働いて金を稼ぎ、ちゃんとした生活をさせてくれた。

世界で二人きりだというのは、ロマンチックな比喩《ひゆ》でも、大げさでもなんでもない。わたしたち二人とも、実際に家族がいなかったからだ。

「お前だけがそばにいてくれたらいいんだ、咲花子《さきこ》」

忠時の声が、耳によみがえる。

咲花子——それがわたしの、本当の名前だ。

4

わたしが生まれ育ったところは栃木の田舎で、母はわたしが二歳の時に病気で亡くなっており、農業を営《いとな》む父に男手ひとつで育てられた。

その父が轢《ひ》き逃げにあって死亡したのは、わたしが小五の時である。田畑だらけの地域には、ほとんど外灯はない。父は豪雨の夜、「畑が心配だ」と出て行き、そのまま帰らなかった。

父の遺体は、途中の山道に転がっていたらしい。村の人が血相《けっそう》を変えてわたしの家にやって来て、知らせてくれた。

周辺、そして父の体にタイヤ痕《こん》が残っていたことから、車に轢かれたことは明らかだった。体が転がったところに運悪く大きな岩があり、そこで強く頭を打ったことも致命的だった。

「大雨で、視界が悪かったんだろうなあ」

と年寄りのお巡りさんは言った。

小さな集落だから、わたしはすぐに犯人が捕まると思っていた。けれども一向にそんな様子はない。お巡りさんに詰め寄っても、「ちゃんと調べてるから」とのらりくらり、はぐらかされる。

　そのうちに、状況が呑み込めてきた。犯人を捜すことはつまり、仲間を突き出すこと。だからうやむやにされているのだと。

「タイヤ痕など色々調べたけど、ここいらの車じゃなかった。通りすがりだから、もうこれ以上調べる手がかりはない」

　そう言われても、納得できるはずがない。

　わたしは父の葬儀にやって来た人の車を、一台一台見て回った。何がわかるわけでもないが、十歳やそこらの子供には、それくらいしかできなかったのだ。

「咲花子ちゃん、身内を犯人扱いするんじゃない。轢いたのは外の人なんだから」

　父の兄に、きつくたしなめられた。同じ集落で農業を営む伯父は村八分になることを懸念《けねん》し、また恐らく父の遺《のこ》した農地や農具を誰かに高く引き取ってもらいたいという算段があったのだろう。

「それにお前だって、みんなに可愛がってもらったじゃないか」

　確かに、母が亡くなった後、わたしは集落のみんなに育てられてきたようなものだ。学校から帰ってくる頃、父は畑に出ていて家にいない。わたしは誰かの家でおやつを食べ、宿題をし、風呂に入り、食事をさせてもらった。何かと世話になり、手助けしてもらってきたのは事実だ。

けれども息苦しさを感じてもいた。あちこちに親が何人もいて監視されているようだったし、世話になった分は当然草むしりや子守、牛舎の掃除などをして返さなければならなかった。そして閉鎖的《へいさてき》な田舎では、年長者の言うことはどんなに理不尽でも絶対だ。父の件でも、「この集落から犯人は出さない」という村全体の無言の圧力を感じる。

結局、子供の言い分など聞いてもらえず、犯人はわからずじまいということになった。わたしはそのことを、今でもずっと悔しいと思っている。

伯父はわたしを引き取って育てると言ったが、わたしはイヤだと言い張った。すっかり伯父に対して信頼を失ってしまったし、この集落に住み続けることにも我慢ができなかった。

父には姉もいて、東京郊外に嫁《とつ》いでいた。わたしは集落を飛び出したくて、この伯母に引き取ってほしいと頼み込んだ。住まいも狭く、やんちゃざかりの男の子が二人いて手がかかるため、伯母の夫は良い顔をしなかったらしい。けれども中学を卒業するまでという約束で、了承してもらった。

晴れて東京に引っ越し、公立の小学校に転入したものの、田舎とは授業の進み方が違い、すぐについていけなくなった。おまけに高学年での転入とあって、すでに出来上がっている仲良しグループには入りにくい。わたし自身、もともと積極的でないこともあり、結局なじめないまま卒業した。

公立中学では少し友達もできたものの、その子たちが不登校になると、また独りぼっちになる。わたしも休みたいと思うこともあったが、伯母に申し訳なくて、学校だけはちゃんと通おうと決めていた。

中学三年生の時、伯母が「好きな高校へ進学するといいよ」と言ってくれた。ここに住み続けられるよう、ちゃんと家族のことも説得するからと。

「私立でも大丈夫よ。公立でも私学でも支援金制度があるみたいなの。無利子で借りられる奨学金もあるんだって」

伯母は伯母なりに心配して、色々と調べてくれていた。

けれどもわたしは伯母の家を出て、定時制高校へ通いながら住み込みで働くという道を選んだ。

伯母は優しかったが義理の伯父とわたしはうまくいっていなかったし、また、やんちゃだった男の子二人が思春期に差しかかっていることも気になった。

いくら彼らがいとことして接してくれても、わたしの方は彼らの目が気になってしまう。パジャマ姿のときでも乳首が透《す》けないように窮屈《きゅうくつ》なブラジャーをつけなければならないし、生理用品をトイレの棚にしまっておくこともできない。キャミソールやミニスカートも着てみたかったが、それも諦《あきら》めてきた。そんな生活が、わたしにはとてつもなく気づまりだった。

中学を卒業する前に、社員食堂の仕事を決めてきた。寮が完備されているうえ、まかないがつくというのが魅力だった。昼間は調理スタッフとして働き、夜間に定時制高校へ通う。食堂も学校も休みの週末には、イタリア料理のレストランで調理のアルバイトをした。

初めてのひとり暮らしは、解放感でいっぱいだった。誰に気兼ねすることもなく、着たい服を着て、食べたいものを食べて、見たいテレビやＤＶＤを見ることができる。これまでは風呂上がりに下着姿でうろうろすることなど考えられなかったが、自分の部屋では好きなだけあられもない姿でのんびりし、化粧水をつけたりボディクリームを塗れるようになった。

それまで伯母に小遣いはもらっていたが、毎月一万円で、携帯電話の支払い分も含まれていた。それが働くようになってからは毎月、寮費と食費と自己負担分の光熱費を差し引いても、十万円ほどが手元に残る。当時のわたしにとって、それはドキドキするほどの大金だった。初めて化粧品を買い、少し高いシャンプーとコンディショナーをそろえ、下着を新調し、春らしい服を買い漁った。美容院にも毎月行くようになった。

自由を得て急に色気づいたわたしは、調理場では禁止されている化粧やマニキュアを、夜になると丹念に施《ほどこ》して高校に通った。それは学校ではかなり浮いていた。生徒たちは年齢も職業もばらばらで、いわゆるヤンキーのような尖った男女もいたが、わたしのようにやたらとめかしこんでくる女子はいなかった。

だけど、それでもよかった。化粧したわたしを、着飾ったわたしを、誰かに見てもらいたかった。同時に、わたしは変わりたかった。集落にいたころの自分や、学校で独りぼっちだったころの自分を忘れたかったのだ。

定時制の高校では、どんどん生徒が減っていく。入学式には百名以上いた生徒が、週が明けるたびに五人、十人と顔を見せなくなっていった。

忠時が入学してきたのは、生徒が三十人程度にまでなり、しかも夏休み直前という中途半端な時期だった。

忠時はわたしより二つ年上の十八歳だったが、一年生からのスタートで同じクラスだった。

彼は無口で、ほとんど誰とも話さない。授業中もかったるそうにし、グループ作業には参加しない。けれども教師にあてられればどんな問題でも完璧《かんぺき》に答え、また小テストも毎回満点だった。名門の進学校に通っていたらしいと噂《うわさ》で聞いた。

髪を金色に染めていたが、眉が真っ黒なので違和感があり、おまけにこれみよがしに片耳にピアスをしている。いわゆる明らかな「高校デビュー」といった感じで痛々しく――それが何となく、わたし自身と重なって見えた。

バイクショップに整備士見習いとして住み込み、いつもピカピカに磨かれたバイクで学校に乗り付けていた。誰かがちょっと触っただけでも烈火《れっか》のように怒る彼は当然孤立していたが、わたしにはそのような荒っぽい振る舞いさえも、なぜだか弱者の威嚇《いかく》のように見えて仕方がなかった。

わたしが忠時と話すようになったのは、些細《ささい》なきっかけだった。授業が終わって帰るとき、校門を出たところで名札を外してバッグにしまおうとしたら、手が滑ってしまった。月に一回のネイティブ教師による英会話で使用するクリップ型のもので、ローマ字でフルネームが書いてある。名札は駐車場でバイクのU字ロックを外していた彼の足元に、たまたま落ちた。

「お前、カワサキっていうの？　バイクみてーだな」

名札を拾ってわたしに手渡しながら、彼が少し笑った。

「しかも、サキコカワサキって。二回も咲いてるじゃん。変なの。お前の親、もうちょっと考えればよかったのに」

「川崎は、引き取られた先の、伯母の名字。本当の親は二人とも、もう死んじゃってるから」

定時制高校にはさまざまな事情を抱えた生徒たちが通っているが、さすがに十六歳で両親とも亡くしている人はいなかった。だから無邪気に「定時に通うこと、親になんか言われなかった？」と聞かれ、その度に「うち、両方とも、もういないから」と答えては「あ、ごめん」と気まずそうに謝られる、というやり取りを繰り返してきた。だからこの時も、この悪ぶっている男子を気まずい気持ちにしてやろうと、あえてそう言ったのだ。

それなのに彼の返事は、

「あ、そう」

とあっさりしたものだった。

「驚かないの？」

「驚かない。だって、うちもだから」

「え、そうなの？」

驚いてしまったことが何となく悔しくて、

「しかもお父さん、ひき逃げされたんだよね。犯人は不明」

と言ってみたが、やはり「ふーん」と反応は薄い。

「あなたのところは？」

「無理心中」

「え……？」

「親父は会社を経営してたんだけどうまくいかなくなって、ヤバいところからものすごい額の借金を作ったらしい。ある日、親父にみんなでドライブに行こうって誘われてついていったら、いつの間にか睡眠薬で眠らされて、次に起きたら病院だった。車には目張りがしてあって、中に練炭《れんたん》があったんだってよ。たまたまトレッキング中の人が見つけて通報してくれたから、俺だけ助かった」

あっさり、そしてすらすらと、まるで読んだ本のあらすじのように話す。

「それ……本当のこと？」

「冗談でこんなきっついこと言うかよ。ニュースにもなった」

「あ、そうなんだ、ごめん」

気まずい気持ちにさせてやるつもりが、自分が気まずくなって黙り込んだ。

「近所には白い目で見られるし、通ってた高校もやめなくちゃいけなかったし、人生めちゃくちゃになった。実の親に殺されそうになるなんて、ありえねーよ。だから俺、人間なんて絶対に信じない」

乱暴で、突き放すような口調。けれどもわたしには、本当は誰かを信じたくてたまらないのだという悲痛な叫びに聞こえる。

「学校をやめて、ここに来るまでの間は何をしてたの？」

「鑑別所《かんべつしょ》にいた」

彼が、少し誇らしげに胸をそらせる。

「え、何をしたわけ？」

「オレオレ詐欺」

「……最低だね」

「近所にさ、すっげーイヤなジジイがいたの。親切そうな顔して小さい女の子に近づいては、体を触るわけ。だけど咎《とが》められると、ボケてるふりをする。だからそいつを狙ってやった。ジジイの息子夫婦が愛想つかして出て行ったの知ってたから、その息子のふりして電話してやった。使い込みがばれそうだから、三十万円を用意してくれって。友達に取りに行かせるからって」

「そしたら？」

「一回目は成功した。でも二回目で捕まった。ジジイ、電話で騙されてるふりして、ちゃっかり警察呼んでやがったよ。やっぱ、全然ボケてねえじゃんって思った」

　くく、とおかしそうに笑う。

「だけど、やっぱり騙すのはよくないんじゃない？」

「金がなかったんだもん、仕方ないじゃん」

「それで、そのおじいさんはどうなったわけ？」

「一応警察に、女の子へのいたずらのことは話したよ。パトロールを強化するって言ってたけど、どうなったかなあ。まあ、俺には関係ないけどな。どうせもともと、金が手に入ればよかっただけだし」

　忠時がまた鼻で笑う。その横顔が、むりやりいきがっているように見えた。

「あなたって、ひねくれてるのね」

「はあ？」

「悪くないくせに、わざと悪ぶろうとしてる。そうすることで、世の中に復讐《ふくしゅう》しようとしてるって感じ」

「何言ってんだ、お前」

「あなた元々は、おとなしくて真面目タイプだったでしょ。だって金髪もピアスも全然似合ってないもん。しかもピアスの穴は最近あけたばかりじゃない？　だってそれ、ファーストピアスだよね」

　わたしが指摘すると、忠時はさっと手で耳たぶを覆った。ファーストピアスは穴を定着させるためのもので、あけてから一か月間は外してはならない。針の部分が太く、ファッション用ピアスとは見た目が違う。

「わかったような口きくんじゃねえよ」

　忠時がすごむ。けれどもわたしは、ちっとも怖くなかった。

「わかるよ」

わたしはきっぱりと言う。

「わかる。だってわたしと似てるから」

忠時が、初めてわたしを真正面から見返した。

「わたしも自分の過去が大っ嫌い。だから今、必死で過去とかけ離れた自分に変わろうとしてる。そうじゃないと、また不幸になってしまいそうで怖いから。これ以上不幸になったら、きっともう二度と這《は》い上がりたいと思わなくなる。そのまま世界からこぼれ落ちて、死んでしまってもいいやって。だから今、わたしは必死なの。変わることで、前を向こうとしているの。あなたもそうなんじゃない？」

忠時は何も言わず、ただじっとわたしを見つめている。しかし長い沈黙の後は、

「へーンな女」と呟《つぶや》いただけだった。

「お前、家どこ？」

「え？　橋野《はしの》駅の近くだけど」

「送ってってやるよ」

「送るって……バイクで？」

「そう」

彼はハンドル付近にひっかけてあったヘルメットを外して、投げて寄越《よこ》した。

「でも自分のは？」

「ある」

彼はシート部分を開け、もうひとつのヘルメットを取り出した。

「前に、ヘルメットを盗まれたことがあってね。必ず予備を入れてるんだ」

やっぱり真面目じゃん、と心の中で思った。

彼がヘルメットをかぶる。わたしのは顎まで隠れるフルフェイスだったが、彼のは頭部しかカバーしない半ヘルだった。

「わたし、予備でいいよ」

「ダメだ。全部守らないと危ないよ。女なんだからさ」

彼がぶっきらぼうに言った。

わたしは頭を入れてみた。かすかに整髪料の匂いがする。よく考えたら、彼は毎日これをかぶっているのだ。フルフェイスのヘルメットなので、もちろん口元も覆う。数センチほど隙間があるので直接唇が触れるわけではないが、やはり意識してしまう。だけど、イヤではなかった。

「おい、顎のとこ留めろよ」

彼に示されて顎の部分を触ってみると、ベルトのようなものがあった。留め方がわからずおたおたしていると、「しょーがねーな」と舌打ちが聞こえ、彼の指が首元に触れた。

ヘルメット越しだが、彼の顔がとても近くにある。ヘルメットから覗く彼の目は切れ長でりりしく、鼻筋は通っている。イケてない金髪のせいで気づかなかったが、きれいな顔立ちをしているのだ。

ヘルメットからの狭い視界には、彼しか映らなくなる。周囲の音も遮断《しゃだん》され、まるでこの世に二人きりになってしまったみたいだった。

「しっかりつかまってろよ」

ベルトを留め終えると、彼はバイクにまたがり、顎で後ろを示した。ジーンズでよかったと思いながらおずおずと後ろにまたがり、彼の腰に手を回す。エンジンがかかった途端、大きな音と振動が体を駆け抜けた。

走り出すと想像よりも速くて、慌てて彼にしがみつく。怖くて目を開けられず、ただ歯を食いしばって、振り落とされまいと固まっていた。

やっと慣れてきて恐る恐る目を開けてみると、ものすごいスピードで夜の景色が流れていた。ネオンも、建物も、車も、人も、あっという間に後ろへ押しやられる。Tシャツが風をはらみ、髪がなびき、まるで彼と一緒に風になったようだった。

回した腕と密着した胸に彼の体温を感じていると、ふと、この人となら前を向いて生きていけるような気がした。こんな風にハイスピードで、過去を景色のようにどんどん後ろへ流して。ただひたすら未来へと向かって。前だけを真摯《しんし》に見据《みす》えて。

このまま、離れたくない。

ずっとずっと、どこまでも疾走していたい――

けれども、二十分ほどでわたしの暮らす寮に着いてしまった。まだ風の一部でいるようなふわふわした高揚感を持てあましたまま、わたしはバイクから降りてヘルメットを外して渡した。忠時は予備の半ヘルを脱いでシートの中にしまい、フルフエイスのヘルメットをかぶりなおす。どきっとした。なんだか間接キスみたい。

「あれ？」

忠時はシールドをあげて、まじまじとわたしの顔を見る。そして急に吹きだした。

「お前、眉毛なくなってるよ。頭もぺっちゃんこだし」

「え！」

わたしは慌てて、バイクのサイドミラーに顔を近づける。彼の言う通り、ペンシルでばっちり描いていた眉はぼやけ、きれいに巻いていた髪は見事に崩れていた。

「やだ、ほんとだ……」

忠時は、何度もわたしの顔を覗き込んではゲラゲラ笑っている。恥ずかしかったが、ふと彼のこんな笑顔を見るのは初めてだと気がついて、まあいいやと思った。

「お前さあ」

ひとしきり笑った後、忠時が言った。

「俺の金髪とピアス、似合ってないって言ってたけど、お前だって同じだよ」

「え？」

「化粧してない方がずっといい」

そんなことを言われたのは生まれて初めてで、かあっと体が熱くなる。彼も言ってから照れくさくなったのか、さっとシールドを下ろして目を隠した。

「じゃあな」

ぶっきらぼうに片手を上げ、彼はバイクを発進させた。

スピードが上がるにつれて高まる音と共鳴するかのように、わたしの体に残る振動の余韻《よいん》が疼《うず》き、息苦しくなる。

闇の中に溶けていくテールランプを見送りながら、わたしは彼を好きになってしまったことを知った。


忠時とわたしは、それからほどなくして付き合うようになった。

「俺たちはさ、はしだよ、はし」

ある時、忠時はそんなことを言った。

「はし？　はしって、ブリッジの橋？　ああ、岸は離れているけど、つながってるってこと？」

「違うよ」

「わかった。お互いに必ず、途中で出会うようになってるってことでしょ。なんだかロマンチックね」

「だから違うってば。箸だよ、飯を食う箸」

「え、どうして？」

「バラバラだと意味がないだろ。二本そろってこそ、存在意義があるっていうか」

「その喩《たと》え、ロマンチックなのかそうじゃないのか、ちっともわかんない」

そう言ってわたしは笑った。

けれども実際、わたしたちは二人で寄り添って、やっと生きていけるような感覚だった。二人そろって初めて、人生に向かって手を伸ばし、一人では決してつかめない何かをつかむことができる。片方が欠けていては、意味がないのだ。

だからいつもそばにいた。一緒に暮らしたかったが、お互いに住み込みなので無理だった。どこかを借りるほどの経済力はない。

「俺、大きな会社に就職するから」

ある日、彼が言った。

「え？　だって整備士になるんでしょう？」

「そのつもりだったけど、バイクは趣味にとどめとく」

「あんなに好きなのに」

「うちのショップはなかなか正社員になれないから」

「だけど……」

「咲花子には楽をさせてやりたいし」

彼はわたしの手を握った。わたしの手は洗剤や消毒液で荒れ、指を伸ばせば血が出るほどのあかぎれがたくさんできている。

バイクに乗っている時、いじっている時、いつも忠時は幸せそうだった。油まみれになりながら整備する彼は、愛おしそうにバイクを見つめ、そしてまるで女性に触れているかのように優しくタッチする。それは時折、軽くジェラシーを感じてしまうほどだった。

バイクは彼の生きがい。そして彼は、わたしのために諦めてくれた。

卒業を控えた彼は髪を黒く染めなおし、就職活動を始めた。そうはいっても、なかなか正社員になどなれるものではないと思っていたが、忠時は卒業前に内定をもらってきた。しかも大手の製薬会社だった。

「ちょうど就職課に求人が来てて。営業なんだって。MRっていうらしい。なんかカッコいいだろ」

忠時は嬉しそうに笑った。

彼が入社すると同時にマンションを借り、わたしは仕事を辞めて一緒に暮らし始めた。そして二人で写真館に行き、貸衣装でささやかな結婚写真を撮った。忠時が川崎姓を名乗ることになった。「お前は一度名前が変わってるんだから、可哀そうだろ」と言っていたが、わたしはバイクのメーカーと同じが良かったのではないかと思っている。

入社してから、彼は懸命に働いた。医薬品の名前、成分、効能を勉強し、覚え、足を使って色々な病院を訪ね、残業もいとわなかった。高卒の自分を雇ってくれたのだからと社内の人間関係も大事にし、中元《ちゅうげん》や歳暮《せいぼ》も欠かさない。上司が「うちの子は勉強が苦手で」と嘆《なげ》けば、全教科の要点をまとめたノートを作って差し入れたりもする。

「君の仕事っぷりは、なんだか昭和っぽいね。俺たちの時代は、君みたいなのを企業戦士って呼んだんだよ」

と笑われるほどだった。

その甲斐あって、彼は営業部の主任に抜擢《ばってき》された。給料も上がった。中古だけれど、思い切ってマンションを買った。

あんなに頑張ってきたのに――

刑事は、忠時が半年前に退職したと言っていた。それはわたしが流産して鬱《うつ》状態になっていた時期と重なる。だから忠時はわたしに明かせず、一人で悩み、自分で何とかしようとしたのかもしれない。

はたと思いついて、忠時の医療保険の契約状況をオンラインのアカウントにログインして調べてみた。案の定、全て解約されていた。

ここまで追い詰められていたのか――

忠時さえいてくれればマンションを売っても、貧乏暮らしに戻ってもよかったのに――

肝心《かんじん》なときに、わたしは彼を支えられなかった。

自分のふがいなさを責め、リビングルームで一人、大声で泣いた。

5

スマホが着信メロディを奏《かな》で、意識が過去から現在へと引き戻される。

わたしは慌てて、甘ったるくけだるいピアノ音を頼りにスマホを捜した。『ジムノペディ』――英雄からだ。

着信メロディなんて設定したのは初めてだった。これまでは固定電話も携帯電話も含めて、初期設定のベル音だった。けれども忠時の死の連絡を受けて以来、ベル音を聞くと身がすくむ。だから今は英雄をジムノペディに、その他は一括《いっかつ》して小鳥のさえずりに設定している。

ジムノペディを選んだのは、忠時が唯一ピアノで弾《ひ》ける曲だったからだ。この曲を聴くたび、冷やかしで入った楽器店のピアノを、たどたどしい指使いで弾いていた彼を思い出す。

クッションの下敷きになっていたスマホをやっと見つけ、通話ボタンを押した。

――あ、もしもし、絵里ちゃん？　ごめん、忙しかった？

思い出の中で、すっかり心は咲花子《さきこ》に戻っていた。絵里ちゃん、という呼び名に一瞬、反応が鈍くなる。そうだ、わたしは絵里なのだと、自分に言い聞かせる。

「ううん、大丈夫。どうしたの？」

――あのさ、原さんの透析、時間が早まったんだ。だから六時には帰れると思う。

「わかった。じゃあお夕飯、うちで食べられるのね。何がいい？」

――絵里ちゃんが作るものは、何でも美味《うま》いからなあ。お任せするよ。

「じゃあ、お昼は何を食べる予定か教えて」

――暑いから、天ざるにしようかなと思ってる。

「了解。じゃあ天ぷらは避けるわ」

――本当に簡単なものでいいからね。今日は猛暑日らしいから、家でゆっくりしていればいいよ。じゃあ、あとで。

「うん、じゃあね」

終話ボタンを押して、電話を切った。

冷蔵庫を開けると、大したものは入っていない。今日は一日ゆっくり家の中を漁れると思っていたが、夕食の用意をすることになったから買い出しに行かなくてはならない。思わずため息が漏れる。

スーパーは近所にもあるが、水曜日の今日は遠方のスーパーで三千円以上購入すると、先着二百名限定で玉子一パックを十円で買える。時計を見ると、十時過ぎだった。今から急げば間に合うかもしれない。

わたしは出していた通帳などを、元通りに引き出しにしまう。それから軽くメイクを直して、外へ出た。

照りつける太陽。日差しが肌に噛みつくようだ。日傘をさし、帽子をかぶっていても、うだるような熱気が全身を包み込む。

二十分ほど歩いて、やっとスーパーへ到着した。中へ入った途端、心地よい冷気に包まれて生き返る。入り口付近にお買い得品などが色々と並んでいるが、とりあえずは玉子を確保しに行かなければならない。わたしは汗の引き切らない体で、売り場へと急いだ。

玉子のラックはいくつかに分かれていて、オーガニックの玉子やブランドの玉子の隣に「水曜はたまごの日！　3000円以上お買い上げで1パック10円！　先着200名さま　おひとり様1回限り」というポップのついたラックがある。しかしすでにラックはがらがらで、数パックしか残っていない。わたしは急いで一つを買い物かごに入れた。それから肉、野菜、加工品エリアを流し、値引きシールが貼られたもの――つまり前日からの売れ残りがないかを見て回る。

わたしは専業主婦なので、生活費は当然ながら全額、英雄が出すことになる。まだ一緒に生活し始めたばかりだから、英雄がどの程度お金に対して頓着《とんちゃく》するのかわからない。けれども付き合っているときに一度もわたしに財布を出させたことがないので、恐らく家計簿を見せろなどとうるさく言うタイプではないと踏んでいる。それに新婚生活を始めるにあたり、一緒に使うリネン類や食器などを選びに行ったときも、どれでも好きなものを買えばいいと気前の良いことを言ってくれた。

事件のあと、英雄は勤めていた市立病院を追われ、今では訪問診療のみを専門で行っている。毎月いくら稼いでいるのか知らないが、医者であることには変わりないのだから、ある程度の余裕はあるだろう。

だから食費も、それほど切り詰める必要はないのかもしれない。ましてこんな風に一パックの玉子のために二十分歩いたり、値引きシールを貼られた食材を探したりなんて。

けれども、結婚した途端に金にうるさくなる男はいる。家計簿のチェックはしないまでも、食費がかさめば文句を言われるかもしれない。恋人だったときと結婚してからとでは、女も男も金に対してのスタンスは変わるものだ。

英雄がどういうタイプの夫になるのか、まだわからない。英雄だって、わたしがどのように金を使うか様子を見ている可能性もある。だから今のところは、可能な限り食費を抑えるように心がけている。結婚生活を続けるには、英雄につつましくて良い妻だと思わせておかなければならない。

少しでも消費期限の長い牛乳を選んで棚の奥から取り出していたら、誰かにぶつかられた。振り返ると、三歳くらいの女の子がきゃっきゃと声をあげながら走っていく。

「すみません」

母親が頭を下げながら、あたふたと追いかけていった。女の子は母親の手をすり抜けて、またこちらへと戻ってくる。女の子は満面の笑みで手を広げ、わたしに向かって突進してきた。

わたしも反射的に、女の子に向かって手を広げる。抱きとめてあげたい、と思った。女の子の笑顔につられて、わたしも思わず微笑んでしまう。

けれども女の子は、そのままわたしの脇を走り抜けていく。

「パパ！」

女の子が飛び込んだのは、わたしの後方にいた父親らしき男性の胸だった。

彼が愛おしそうに抱き上げると、女の子はくすぐったそうに声をあげる。母親が「もう、走っちゃダメっていつも言ってるでしょ」とたしなめながら戻ってきて、また三人で買い物を始める。

抱っこされた女の子はしっかりと父親の首に抱きつき、わたしと目が合うと小さな手でバイバイをした。

幸せそうな三人の姿に、その場を動けなくなる。わたしが流産したのは女の子だ。この親子は、わたしが手に入れられなかった家族そのものだった。

見回せば、同じような家族があちこちにいる。大半の人が大きな苦労をすることなく手に入れているであろう、平凡な幸せ。スーパーのような日常的な場所が、わたしには目がくらむほどまぶしい。

買い物かごを片手に突っ立ったまま、スーパーの店内に、忠時と自分と娘の幻を、いつまでもいつまでも探し続けた。


レジで会計を済ませると、サッカー台で食品を袋に詰めていく。

サッカー台からは、レジ付近のラックにたばこやガム、乾電池などが手に取りやすいように陳列《ちんれつ》されているのがよく見える。その延長には週刊誌もずらりと並び、目を引くように赤やピンクなどの派手な見出しが躍っているが、わたしはあえて視界から外す。


一年半前、見出しに躍っていたのは忠時とわたしだった。

『妻も知っていた？　囁《ささや》かれる共犯説』

『夫は悪くない！　あきれた妻の言い分』

——思い出しても不愉快なものばかりだ。

マスコミに襲来されてから日をあけず、そんなどぎつい見出しが週刊誌の表紙に並んだ。黒い棒線で目は消されているものの、わたしの写真も載った。

その写真は、めそめそしてばかりではいられないと、やっとの思いで着替えてメイクした日のもので、「夫の死からたった数日にもかかわらず、妻は派手な服とメイクで着飾っていた。自宅はブランド物が玄関まであふれており、その中に仁王立《におうだ》ちになった妻は『帰ってください！　どうして夫を責めるの⁉　犯人を責めなさいよ！』とヒステリックにわめいた」という悪意のある文章が添えられている。たまたま玄関マットとスリッパがサンローランの柄《がら》だったことが、〝ブランド物が玄関まであふれ〟ということになってしまうとは。

確かにこれはわたしの言葉だったが、それを発するに至った背景はどこにも書かれていない。これではまるで、理由もなく一方的に相手を悪者に仕立てようとしているモンスター・ワイフだ。あの時わたしが、どんな気持ちでメイクをし、服を着たかなんて、誰にもわかってもらえないのだ。

忠時が鑑別所にいたことも暴《あば》かれていた。「前科を隠して大企業に潜《もぐ》り込むなど、悪質極まりない」と糾弾《きゅうだん》されていたが、未成年だった忠時には前科はついていないし、「鑑別所に入っていたことは履歴書《りれきしょ》の賞罰欄に書かなくてもよいことになっている。だからあえて明かす必要はない」と入所中に受けたアドバイスに従ったにすぎない。忠時のことだから、もしも「前歴はあるか」と聞かれたら、きっと「あります」と正直に答えていただろう。

しかし鑑別所という言葉への世間の拒否反応はものすごく、強盗やレイプ、殺人などの重罪を犯した少年たちと同列に扱われ、大いに非難された。

そんな渦中《かちゅう》に行われた夫の火葬には、ものすごい数のマスコミが押し掛けてきた。

遺体を警察から返してもらえたのが事件から七日後、それから手続きをして火葬できることになったのが二日後だった。葬式をするつもりはなかったし、火葬する日も場所も誰にも言っていなかった。それなのに当日、自宅を出るときから火葬場の入り口まで、フラッシュが執拗《しつよう》にわたしを追いかけてきた。

火葬場にはさすがに入ってこられないのか、夫が焼かれている間、わたしはやっとひとりになることができた。火葬が終わり、頽《くずお》れそうになるのをなんとか堪《こら》えながらお骨を拾い、壺に入れ、外に出ると、再びわっとマイクが押し寄せてくる。

いろいろな質問が乱れ飛んだが、わたしは何も答えるつもりはなく、タクシーに乗り込もうとした。

「ご主人の過去が非難されていますが、そのことについてどう思われますか？」

その質問だけが、なぜだか耳に飛び込んできた。

口を開くまいと思っていたのに、反射的にわたしは記者たちの方を向いていた。

これだけは絶対に言っておきたい、と思っていたのだった。

「主人は確かに過去に罪を犯しました。けれど人を殺したり、レイプしたわけではありません。そういう人たちは少年院にいます。主人は軽い罪だったので、鑑別所だったのです。〝前歴〟は確かにありますが前科はついていませんし、意図的に隠していたわけじゃありません。そのあたりの事情を、どうかわかってほしいんです。よろしくお願いします」

わたしは深々と頭を下げると、続く質問には答えずタクシーに乗り込み、その場を去った。少しでも、伝わってくれればいいと願いながら。

しかし数日後に、わたしの発言は「オレオレ詐欺は軽い罪！　やっぱり妻も非常識」という週刊誌の見出しになっていた。わたしは自分の言葉足らずを後悔した。確かに「軽い罪」などと言ってしまったのは間違いだし、浅はかだった。

この件以来、わたしは理解を求めることを諦め、一切口を閉ざすことに決めた。いずれにしても、何を言ったところですべてが悪意に取られてしまう。

疲れ果て、消耗し、前歴であろうが前科であろうが犯罪は犯罪で、忠時のしたこた。

とは世間にとって許しがたいものなのだと、疲れ切った頭でぼんやりと納得さえし

忠時の死後に同情して差し入れをしてくれたマンションの有志も、一切声をかけてくれなくなった。あげくに、ワイドショーで「最初から、うさんくさい夫婦だと思っていました」と証言していた。顔は映っていなかったし声も変えられていたが、服装ですぐにわかった。お礼の菓子を持って、きれいに洗ったタッパーウェアを返しに訪ねたが、応答してはもらえなかった。

久保河内《くぼかわち》英雄の妹、亜希子《あきこ》が先天的な心臓病を患《わずら》っていることは、テレビのワイドショーで知った。

週刊誌は意図的に読まないようにしていたが、たまにつけるテレビで事件や忠時、そしてわたしの情報が流れているのを見かけることがあった。そのたびにチャンネルをすぐに変えていたが、この時は思わず見入ってしまった。

一回り以上も年下の妹は子供の頃から入退院を繰り返し、ほとんど学校へも通えず、通信制の高校と大学をそれぞれ四年と五年かけて卒業した努力家らしい。四年前に植え込み型の補助人工心臓をつけて以来、移植の順番を待っているという。

忠時がなぜ人工心臓など突拍子《とっぴょうし》もないものを選んだのか、これでやっとわかっ

た。

刑事から見せてもらったパンフレットには、これまでの補助人工心臓の問題点が書かれており、それによると決して心臓の代わりになりうるものではなく、あくまでも移植までのつなぎでしかないということだった。一方で忠時が開発する予定の人工心臓は、本物の心臓とほぼ同じ機能を持ち、完全に体内に埋め込むことができるので日常生活にも戻れ、また、その後は移植をする必要もなくなると謳《うた》っていた。

テレビではコメンテーターたちが「弱みにつけこんだ卑劣《ひれつ》な詐欺だったということですね」と憤《いきどお》っている。当然ながら、番組は忠時を叩く流れになっていった。

わたしは慌ててテレビを消す。けれども、英雄の妹のことは、深く心に残っていた。

確かに、英雄の事情を知った忠時が、架空の人工心臓開発への出資を持ち掛けたのであれば、残酷すぎる。もしもわたしが他人で客観的にこの事実だけを聞けば、即座に悪人のレッテルを貼るだろう。病気につけこんで高額な水や食品を売りつける輩《やから》を、わたしはかねてから最低だと思っていた。

けれども――

どうしても、そぐわないのだ。わたしの知っている忠時と、テレビや週刊誌に登場する忠時との間には、大きな乖離《かいり》がある。確かに彼には、詐欺の前歴がある。だけど悪人ではなかった。

しかしわたしがどんなに違和感を覚えていようと、妹のことは英雄に有利に働くだろうと思った。案の定、ますます世間は英雄に同情するようになり、ついに「久保河内英雄医師を支援する会」までできた。過去、そして現在の患者やその家族が主体となって発足《ほっそく》したらしい。

「久保河内先生は誰よりも人の命を尊《とうと》ぶ人です。たとえどんな事情があっても人を殺《あや》めるような人じゃありません」

「先生は震災後に被災地を回って、不眠不休でボランティアとして診療を行ってくれました。多くの命を救ってくれた恩人です」

「僕は事故で、自動車の下敷きになりました。車は大破してガソリンが漏れ、いつ引火してもおかしくない状態でした。それなのに先生は危険を顧《かえり》みず、救急車が来るまで、わずかな隙間から応急手当てをしてくれたんです。適切な手当てがなかったら、出血多量で死んでいただろうと搬送《はんそう》先の病院で聞きました。僕が今生きているのは、先生のお陰です。久保河内先生は、本物の英雄なんです」

テレビの取材に、彼らは熱っぽくそう答えていた。

容疑者である英雄には支援者がいるというのに、わたしには誰一人味方がいなかった。

伯母が一度だけ電話をくれたが、「悪い男にひっかかって」と責められた。その時に、親戚中に記者が押し掛けてきたり、心ない手紙やファックスが届いたりなど嫌がらせが続いていることを知らされた。迷惑をかけていることについては心から申し訳なく思ったが、「でも忠時さんもわたしも、本当に悪くないんだよ」と強く主張すると、電話は切れた。そしてそれ以来、二度と伯母からかかってくることはなかった。

忠時の過去だけに飽き足らず、わたしの過去も取り上げられた。昔の職場の人たちは「誰とも口をきかず、変わった子だった」とワイドショーで口をそろえ、学校で一緒だった人も「いつも変な格好をして通学してきていて、浮いていた。二人が付き合い始めた時、やっぱりなと思った」と話していた。わたしも忠時も、良い印象を持たれてはいなかったようだ。

忠時を失って、あらためてわたしは、この世に二人きりだったことを思い知った。

孤立し、どんどん追い詰められていくギリギリの精神状態の中で、唯一の心の支えは、一刻も早く英雄を有罪にしてやることだった。

世間にどう思われたっていい。みんなが英雄の味方をしようが、忠時を批判しようが構わない。英雄が忠時の命を奪ったことは事実なのだから。

無知なわたしは、逮捕されたらすぐに裁判になるのだと思っていたが、刑事によると、まず起訴《きそ》できるかどうか、つまり事件とすることができるかどうかを見極めるということだった。

英雄が早く起訴されればいい、と毎日必死で祈りながら過ごした。しかし、マスコミや世間からのバッシングが執拗に続く中、一向に警察からの連絡はない。進《しん》捗《ちょく》状況を聞こうと刑事の吉岡に電話してみると、芳《かん》しくない答えが返ってきた。

――それが実は、ちょっとおかしなことになっていまして。

「おかしなこと？」

――奥様は、ご主人が詐欺に関わっていらっしゃらなかったと、今でも信じていらっしゃるわけですよね？

「ええ。何かの間違いだったと、心から思っています」

――それがですね……久保河内も、そう言うのです。

「……え？」

――ご主人が、詐欺をするような人ではなかったと。

「なんですって？　じゃあ、つまり」

——そうです。詐欺ではなかったと言い張るのです。

沈黙が流れる。

「では、どうなるんですか？」

——本人が詐欺だと思っていなかったとなれば、動機は成立しないことになります。

「そんな——」

思いもよらない展開に、わたしの頭は真っ白になった。

「素人による人工心臓の開発なのに、久保河内は詐欺ではなかったと言い張るんですか？」

——その通りです。

「だって、久保河内は医者なんでしょう⁉　医者が、あんな幼稚なパンフレットを見て信用するはずがないじゃない！」

——我々も同じ疑問を持ちました。そのことを追及しますと、パンフレット以外にもご主人の研究を裏付ける資料があったと言うのです。

「そんなの、絶対に嘘よ！」

——いえ、それが、久保河内が自宅に捜査員を派遣して捜してくれと言うので、指示のあった場所を捜したところ、確かにたくさんの資料が発見されました。我々に医療のことはわかりませんが、かなり綿密《めんみつ》な資料ではあります。今、専門家に確かめてもらっています。医学的な資料の他には、開発費の内訳やキャッシュフロー予想などもあります。

そんな……そんな……。

「あ、あの、やっぱりわたし、主人は詐欺師だったと思います。あんなパンフレットを何種類も用意してお金を集めて……主人に誠意があったとは考えられません。騙す前提で作成されたに決まっています。刑事さんだって、明らかな詐欺だって言ってたでしょう？」

――しかしそれだけでは客観的な証拠とはいえず……。

「だけど、主人と久保河内が居酒屋で口論していたことを目撃した人がいるんでしたよね？」

――はい。しかし実はあれからの捜査でわかったのですが、ご主人が開発に対して弱気になるのを、「中断してどうする。どうかこのまま頑張ってくれ」と叱咤激励《しったげきれい》したということだったらしいのです。居酒屋の主人や近くの席にいた客も、そう耳にしたと証言しています。

呆然としかけて、はたと決定的なことを思い出した。

「他にも騙された人がいたんでしょう？　詐欺の被害届が三件、出ていたって

「――」

――そうですが……すでに取り下げられたものなので。

「だけど……だけど……」

パニックになりかけるわたしをなだめるように、吉岡が続ける。

――詐欺は親告罪《しんこくざい》ではないので、我々の方でこの件に関して捜査は続けます。ご安心ください。ただ、ご主人を詐欺師だと証言する人は、今のところ誰もいないということです。そうなると本人が否定している以上、久保河内に対する詐欺事件を立証するのは難儀《なんぎ》になります。

「じゃあ、わたしが証言します！」

思わず叫ぶと、驚いたように受話器の向こうが黙り込んだ。

「わたし、本当は夫が詐欺師だと知っていました。彼は、家でもその話を武勇伝のようにしていました。人を騙すなんて簡単だって。騙されるほうが悪いんだって。笑いながら、次のターゲットは久保河内医師だと言っていました。お金が振り込まれたあとは、妹さんの病状を利用してうまく騙せたと喜んでいました。そう証言すれば、夫の詐欺を立件することはできますか？」

――いや、ですが。

「本当なんです！」

――しかし、奥さんはこれまで……。

「嘘をついてました」

――久保河内のことは知らない、ご主人から聞いたこともないのではなかったのですか?

「ですからそれも嘘なんです。夫をかばいたかったんです。お願いします、証言させてください」

見えないとわかっていつつも、わたしは頭を下げた。

吉岡は困ったように沈黙していたが、やがて言った。

――わかりました。ではもう一度、詳しくお話を聞かせてください。調書を取らせていただきます。

わたしが外出するのをマスコミが表で待ち構えているので、吉岡と鎌田に来てもらうことになった。

二人が来るとすぐ、わたしは懸命に詐欺であったことを裏付けるような話を作って話した。しかし、細かい日時や状況を突き詰めて聞かれると、どうしても辻褄《つじつま》が合わず、曖昧になってくる。

「ちょっと疲れたわ。コーヒーでもいれますね」

ごまかすように立ち上がり、リビングから続きのキッチンへと行く。湯を沸かしている間、二人のやり取りが聞こえてきた。

「うーん、奥さんの気持ちはわかりますが、信憑性《しんぴょうせい》が薄いと言わざるを得ませんね」

「我々は、真実かそうでないかを検証する立場にはない。関係者から事情を聴き、調書にまとめるのが俺たちの仕事だ」

やはり刑事二人も、わたしの話を信用していないようだ。これまで、詐欺のことは誤解だと理解してほしかったのに皮肉なことだ。あれほど忠時の本当の人柄をわかってほしいと願っていたのに。

久保河内を陥《おとしい》れるためには、忠時を貶《おとし》めなくてはならないのかと思うと悔しい。けれども相手を罪に問えなければ意味はない。

「お待たせしました。どうぞ。お砂糖やクリームは?」

「いいえ、このままで結構です」

コーヒーをいれることで気持ちを仕切りなおしたわたしは、過去に夫が鑑別所にいたことを強調し、その頃から悪い性根は変わっていないのだとさえ言った。わたしの中の忠時が、そして忠時との思い出が穢《けが》れていくようで切なかった。けれど、仕方のないことだと自分に言い聞かせて割り切った。

二人の刑事を前に、わたしはいかに忠時がずるく、人を騙すことに長《た》けていたかを、とうとうと話し続けた。

そのあと何日も、刑事から連絡はなかった。

問い合わせても、「捜査中の詳細は話せません。こちらからの連絡を待ってください」と言われる。起訴しましたという報告を、今か今かと待ち続けた。

その間にも支援する会は、「ヒーローを救え！」と銘打たれたビラ配りや署名運動など、活発に活動を続けている。どんな事情があれ殺人は大罪だからと味方をすることに消極的だった人たちも、久保河内が詐欺だと思っていなかったこと、そして口論の内容もそれを裏付けているため無実の可能性が大きいと知るや支援の輪に加わった。

そして事件から二十日後。

刑事から電話があり、わたしは起訴に至らなかったことを知る。

証拠が不十分だったこと、飲酒をしていたこと、そして目撃証言を総合すると、殺人ではなく事故だと考えるほうが自然ということだった。「申し訳ありませんでした」と謝罪の言葉が受話器から聞こえたが、わたしの耳には入らなかった。

いつ釈放されるのかと聞いたが、教えてもらえなかった。わたしが仕返しでもしに行くと懸念したのかもしれない。

電話を切った後、わたしは呆《ほう》けたようにソファの上にうずくまり、情報がないかとテレビを見続けた。何時間後かに釈放のニュースが流れ、フラッシュの中、立ち去っていく英雄の姿を見た。悔しさ、むなしさ、そして虚脱感《きょだつかん》が、今でもまざまざとよみがえってくる。

だから。

だからわたしは――

「まあ、先生の奥さま？」

ハッと我に返ると、サッカー台の脇に、小柄な高齢の女性が立っている。

「訪問診療でお世話になっております柴田《しばた》の家内です。あの、先日ご自宅にご挨拶《あいさつ》に伺わせていただきました」

老人特有の抑揚《よくよう》を持つ声で言い、女性がゆっくりと頭を下げた。そういえば、わたしが英雄の家に引っ越しを済ませた日、結婚祝いを持ってやってきた人だ。

「今ちょうど先生がいらしてくださっているので、その間に買い出しに来たんです。先生にはいつも丁寧に診察していただけるので、主人もわたしも本当に感謝して……あら、奥さま、大丈夫ですか？」

女性は視力が悪いのか、分厚い眼鏡を目に押し付けるようにしながら、わたしの顔を見上げる。しわだらけのまぶたの奥の目を、しょぼしょぼと瞬《しばたた》かせた。

「え？」

手を当てると、頬が濡れている。いつの間にか、また泣いていたのか――

「……失礼します」

わたしは顔を伏せると、袋詰めした食材を抱え、逃げるようにしてその場から立ち去った。


家までの道のりを走る。

照り付ける日差しの暑さも荷物の重さも、不思議と感じなかった。息が切れてきて、英雄と暮らす家が見えてくる頃、やっと冷静になる。

こんなんじゃダメだ。

もっと強くならないと。

わたしは気持ちを切り替えるために大きく深呼吸をすると、挑むようにして門をくぐった。

食材をどんどん冷蔵庫へしまっていく。スーパーではぼんやりしている時間も多かったのか、特に必要もなかった調味料や冷凍食品なども入っていた。

それから気を紛らわせたくて、家中に掃除機をかけ、たんねんに拭きあげていく。手を動かしている間は目の前のことに集中できたが、終わってしまうとまた脳の中が重いもので満たされそうになる。わたしは料理に取りかかることにし、あえて、手のこんだものを作ることにした。鶏もも肉を丁寧に筋切りにし、ねぎを細かく刻む。たっぷりと生姜《しょうが》をすりおろし、酒、胡椒《こしょう》、醬油《しょうゆ》を混ぜてタレを作り、切った鶏もも肉を浸《ひた》した。下味《したあじ》をつけている間に甘酢を作り、野菜炒め用に白菜やニラを切る。

切りものが終わったら、下味のついた鶏もも肉の水分をふき取る。皮を下にして低温の油でじっくり揚げ始めたとき、玄関が開く音がした。

「おー、ちょっとちょっと、何なんだ、このうまそうな匂いは！」

弾んだ声がすごい勢いで廊下を進んできたかと思うと、英雄がひょっこりと顔を出した。

「おかえりなさい。今日は中華よ。これは油淋鶏《ユーリンチー》」

「え？」

「鶏肉を揚げて、甘酢をかけるの。食べたことあるでしょ？」

「ああ、あれかあ！　大好物だよ」

「それから野菜炒めと玉子スープね」

「最高だなあ。あ、ええと、あとさ」

「わかってる。もちろんチャーハンも作るわ」

「やったね！」

　いつも年齢以上に落ち着いている英雄が、珍しくはしゃいでガッツポーズをする。

「まだ時間かかるから、シャワー浴びてきたら？」

「そうする。ありがとうね、絵里ちゃん。あー、楽しみ」

　鼻歌を歌いながら、英雄はバスルームへと行った。シャワーの音が聞こえてくる。わたしは鶏肉をひっくり返すと、油の温度を少し上げて、さらに火を通していく。

　その間にチャーハンも作ってしまおうと、冷蔵庫を開けた。表面が鏡面仕上げの、スタイリッシュなシルバーの冷蔵庫。観音開きの扉の、閉じてある側の表面に、わたしの顔が映る。

　週刊誌に載っていた頃のものとは違う顔。

　そう。咲花子《さきこ》の顔は捨てたのだ。

　これは新しい顔。

　佐藤《さとう》絵里の顔――

冷蔵庫を閉め、目の前にちらつく過去の自分の顔を断ち切るように中華鍋をふるう。手先に集中すると頭が空っぽになり、全メニューができあがったところで英雄が戻ってきた。

「うわー、これ絶対お金取れるって」

湯上がりの顔をタオルで拭きながら、食卓につく。

「もう、いつも大げさ」

まだスープをよそっているわたしを、英雄は食べずに待っている。こういうところは育ちの良さなのかもしれない。

スープも食卓に並ぶと、「いただきます」と手を合わせてから英雄が箸を取った。片っ端から頬張っては、満足げにはふはふと口から湯気を出す。

「うわー、これヤバい。あ、これもハンパない」

生来なのか、いつも高齢者と接しているからか、言動も若干年寄り臭く、決して若者のような物言いをしないのに、今日は珍しく軽い口調だ。

「あ、いや僕、中華が一番好きだからさ」

英雄が恥ずかしげに言い訳した。

「たくさん食べてね。チャーハンお代わりする?」

「うん、お願い」

皿によそって渡すと、また嬉しそうにかき込む。

「あー、やっぱうまい。僕、これまで自分でも料理は嫌いなほうじゃないと思ってたけど、やっぱり人に作ってもらう食事は格別だね。それに、ちょっとは腕に自信もあったつもりだったけど、絵里ちゃんの料理を食べたら、全然大したことなかったんだなって思い知らされちゃった」

「そんなことないわよ。男性の料理は大ざっぱで、だからこそ美味しいってとこあるんだから」

「うーん、チャーハンや焼きそばはそこそこ美味しく作れても、こういう油淋鶏みたいな凝った料理はできないんだよなあ」

「教えてあげようか？」

「いい、いい。僕はもう料理からは引退」

そんな会話をしながら、英雄はあっという間にたいらげていく。

「あ、ごめん。僕がほとんど食べちゃった」

「わたしは作りながら味見で食べてるからいいの。お茶いれようか。烏龍《ウーロン》茶の茶葉を買ってあるんだけど」

「えーもう、なんで絵里ちゃんてそんなに完璧なの。やっぱ中華料理には中国茶が合うよね」

「英雄さんは滅多にお酒を飲まないから、お茶くらいはこだわろうと思って」

急須《きゅうす》に茶葉と湯を入れて、しばらく蒸らす。

「ねえ、本当に烏龍茶は脂肪を分解するの？　だから中国には太っている人が少ないって聞くじゃない」

「分解するわけじゃないよ」

「なあんだ、じゃあ都市伝説なのね」

「いや、そういうわけじゃなくてね。ええとまず、脂肪は十二指腸《じゅうにしちょう》で胆汁《たんじゅう》と混ざって乳化《にゅうか》される。そのあと膵臓《すいぞう》から出るリパーゼという酵素《こうそ》によって加水分解されて、体内に吸収されることになるわけ。で、烏龍茶は日本茶や紅茶と違って葉の発酵《はっこう》を途中でやめた半発酵茶なんだけど、その過程で生まれるのが烏龍茶重合《じゅうごう》ポリフェノールという成分なんだ。あ、烏龍茶特有の黒い色の素ね。それで、このポリフェノールがリパーゼの働きを抑制《よくせい》するっていう仕組み」

ぽかんとしているわたしに気づいて、英雄は苦笑した。

「ごめん、その辺はどうでもいいよね。ええとつまり、烏龍茶に脂肪を分解する成分が入っているわけじゃなくて、吸収しにくくするってこと」

「わかった」

うっとうしい。この人は本当に空気が読めず、不器用だ。苛立《いらだ》ちが顔に出てしまったのか、英雄がますます申し訳なさそうな顔をする。

「あーごめん、なんで僕ってこうなのかなあ。絵里ちゃんが聞きたかったのは、こういうことじゃなかったよね」

「ううん、いいの。本当に痩《や》せるのかどうなのかを知りたかっただけ。女性にはとっても気になるところだもん。よーし、じゃあ今日はたくさん飲んじゃおっと」

苛立ちをごまかすように、わざとおどけた調子で言った。

茶葉が開いて良い香りがしてきたので、湯飲みに注ぐ。吹いて冷まして、そっと口に含んだ。

「やっぱりペットボトルのとは全然違うね」

「今、脂肪がブロックされてるかしら」

「あはは、まだ早いよ」

ひとしきり笑ってから、ごく何気なくといった感じで「あのさあ」と英雄が切り出した。

「……今日、スーパーで泣いてたって、本当？」

「え？」

どきりとしながらも、平静を装《よそお》いつつ茶をすすった。

「柴田さんの奥さんが言ってたから。新婚生活うまくいってるんですかって、心配されちゃった」

帰って来た時からいつになくテンションが高かったのは、このことが気にかかっていたからなのかもしれない。ずっとタイミングを見計らい、そしてやっと今、切り出したのだ。

「まさか。見間違いじゃない？」

「そう？　だけど逃げるように帰っちゃったって」

「生ものもあったから、悪くなるといけないと思っただけよ。深い意味はないわ」

「そっか」英雄が、心底ほっとした顔をする。「だったらいいんだけど」

「そもそもスーパーで泣く人なんていないわよ。あの奥さん眼鏡をかけてらしたけど、すごい目を凝らしてた。度が合ってない感じだったわ」

「うん、白内障《はくないしょう》が進んで、かなり見えにくくなってるらしい。でもそっか、それなら見間違えてもしょうがないよな。いや、安心したよ。もしかしたら絵里ちゃんが、僕と結婚したことを後悔してるんじゃないかってハラハラしちゃった」

「いやあね。どうして後悔なんてするのよ」

「だって僕は――」

「やめて」

その先に続く言葉を聞きたくなくて、わたしは遮った。

――だって僕は、一度は殺人容疑のかかった人間だから。

英雄は結婚前、何度もそう言って、絵里のプロポーズを拒否したのだ。そして絵里はこう答えた。あなたは殺してなんかいない。わたしにはわかる。だから一緒になりましょう。あなたを支えたいの、と。

口先だけとはいえ、そんなことを言うのは気分が悪かった。だけどあの時は結婚に持ち込むために必死だった。今は、たとえ口先だけでもそんなことを言いたくない。だから聞きたくなかった。

「とにかく、わたしは後悔なんてしてないから。英雄さんと結婚したこと。ね？」

これは本心だ。

「わかった」

英雄は眼鏡を上げ、目じりににじんだ涙をぬぐう。

「ありがとう、絵里ちゃん」

泣きたいのはこっちよ、と英雄の顔を見ながら冷ややかに思う。

「ああ美味しかった。ごちそうさま。洗い物は僕がするから」

「いいって。置いといて」

「だけど、こんなごちそうを作ってもらっといて――」

「だからいいってば。そういうの、疲れる」

思わずぴしゃりと言ってしまい、自分でハッとする。愛があるふりをしていても、つい些細なところで本音が出てしまう。新婚ならではの、こんな甘やかなやり取りを煩《わずら》わしいと思っていることを気取られてはいけない。少しきょとんとしている英雄に、わたしは慌てて取り繕った。

「だって英雄さん、疲れてるでしょ。だからいいの」

「そう？　悪いけど、じゃあ頼むね」

英雄は微笑み、再び茶をすすった。湯気で眼鏡が曇っている。

「それにしても、お世辞抜きで、今日の油淋鶏はどこで食べたものよりも美味かったな」

「本当はもっと美味しく作れる方法はあるんだけどね。今日みたいにもも肉だけを使うんじゃなくて、鶏を丸ごと中華鍋に置いて、何度も上から油をかけてじっくり火を通すの」

「丸ごとかぁ。ちょっと一般家庭では無理だもんね」

「そんなことないわ。わたし、鶏なら丸ごと調理できるわよ。解体もできるし」

「え、そうなの？　すごいね」

「コツを摑《つか》めば別に難しくないのよ。食堂で働いてるとき、いつもやってたもん」

「え、食堂？」

しまった。

「絵里ちゃんって食堂で働いてたことあるの？　ずっとＯＬしてたって言ってなかったっけ」

英雄には、本物の絵里が辿《たど》ってきた人生を話してある。女子大を卒業した後に、小さな会社に事務職として勤めてきたというものだ。

「うん、ちょっとだけアルバイトしてたことがあって」

「バイトなのに鶏を解体したりするの？　本格的だねえ」

「……まあね」

「これで絵里ちゃんが料理上手な理由がわかったよ。料理でお金をもらってたプロだったんだもんなあ」

少しでも咲花子の過去に触れることを言ってしまったことを後悔し、話題を変えた。

「そういえば、訪問先の電話番号の登録、今やってしまおうかしら」

訪問診療先には電波からの影響を受ける医療機器もあるので、英雄は携帯の電源を切っていることが多い。だから緊急の際でも連絡がつくよう、それぞれの家の固定電話の番号を絵里の携帯にも登録しておこうという話に、昨日なっていた。

「ああ、そうしよう」

英雄がスウェットパンツのポケットからスマートフォンを取り出す。

「僕が読み上げていく？　それとも登録してあげようか？」

「ちょっと待って。携帯が見当たらないの。どこに置いたんだったかな。えーっと、スーパーから帰ってきて、袋とバッグをここに置いて――」

あると思っていたバッグの中には見当たらない。カウンターやキッチンラック、ソファの上、と捜すが、なかった。

「鳴らそうか？」

「お願い」

英雄がスマートフォンを操作すると、ピアノのメロディが聞こえてきた。

「やだ、こんなところに」

炊飯器の上で、スマートフォンが震えている。終話ボタンを押すと、メロディがふつりと消えた。

「へえ、僕の着メロ、そういうのだったんだ。それ、有名な曲だよね。なんていうタイトルだっけ」

「ジムノペディよ」

「良い曲だね。すごくロマンチックだ。僕みたいなごつい男には似合わないのに、どうして？」

「大好きなのよ」

わたしは微笑んだ。

「この曲、世界で一番好きな曲なの。そして聴くたびに、世界で一番好きな人のことを思い出したいから」

「そうなの？　それは嬉しいなあ」

何も知らない英雄は、湯気でほてった頰を呑気《のんき》に緩《ゆる》めた。

6

英雄の唇が、わたしの頰に、首筋に、肩に吸いついてくる。なめくじに這われているようで、おぞましい。ついに乳房に口づけられた時、全身に鳥肌が立った。

早く終わってほしい。

毎回、ただただそれだけを願う。

英雄の指が、わたしの足の間にすべりこむ。わたしを悦《よろこ》ばせようとしているのか、英雄はいつも丹念に愛撫《あいぶ》する。それが気持ち悪くてたまらない。

いやな汗をかく。

「早く来て」

わたしは囁いた。

「え、もう?」

「うん、もう待てない」

英雄はちょっと嬉しそうに目を細めて、わたしの中に入ってきた。ただの、粘膜と皮膚の接触。こんなの、大したことじゃない。口の中に指が入っている程度だと言いきかせる。わたしの顔の隣にある英雄の頭がうっとうしい。英雄が動くたびに彼の髪がざわざわと頬を撫《な》でるので、わたしはできる限り首を伸ばして顔を背《そむ》けた。

「絵里ちゃん、きもちいい?」

首を伸ばしたのを、感じてのけぞったと思ったようだ。

「うん、すごくいい」

わたしは喘《あえ》ぎながら、彼の腰に両足を巻き付ける。彼が呻《うめ》き声をあげ、動きを速めた。わたしがさらに喘ぎ声を大きくし、腰をくねらせる。

さっさと終われ。

お願いだから、早くわたしの中から出て行け。

考えるのは、それだけだった。

英雄が低く呻き、体の動きを止めた。

ああ、やっと終わった――

ほっとして、思わず微笑してしまう。

「そんなによかった？」

わたしの微笑に男としての自尊心をくすぐられたのか、恥ずかしげに、しかし誇らしげに英雄が尋ねた。

「うん、すごくよかった」

そう答えると、英雄がわたしを抱きしめ、キスしてきた。英雄の汗が肌にはりつく。ああもう、いやだ。

「汗かいちゃった。シャワーを浴びてくるね」

僕も、とついてきそうになる英雄を「ゆっくり浴びたいから」と制し、さっさと一人でバスルームへと行く。

バスルームのドアを閉めて一人になると、どっと脱力感が襲ってきた。熱いシャワーを頭から浴び、大量のボディソープを泡立て、全身をこする。英雄に抱かれたあとは、汚物にまみれた気持ちになる。一ミリも残さず、英雄の痕跡を洗い流したかった。

熱い湯に混じって、とろりとしたものが太ももを伝う。精液だった。わたしは慌てて洗い流し、太ももを痛いほどこすった。

シャワーの後は、やはり大量の歯磨き粉をつけて歯を磨く。うがいも徹底的にした。

寝室へ戻ると、すでに英雄はパジャマを着て寝息をたてていた。わたしはそっとベッドに腰かけ、サイドテーブルの引き出しを開け、奥からアクセサリーポーチを取り出す。その中には銀色の錠剤《じようざい》シートが隠してあり、わたしは一錠を押し出して、常にベッドサイドに置いてあるミネラルウォーターのペットボトルで飲み干した。

避妊ピルを毎日飲んでいることを、英雄は知らない。英雄は何も知らずに、わたしの中に精を放っている。英雄の分身を孕《はら》むことを想像するだけで、おぞましい。ペットボトルをサイドテーブルに戻し、ふと壁に立てかけられている姿見《すがたみ》に視線がいく。

鏡の中から、まっすぐ佐藤絵里が見返していた。

今では自分の顔なのに、見慣れてきたはずなのに、何気ない瞬間に目にするとドキッとする。

――絵里ちゃん。

目をしっかりと閉じ、口からはよだれを垂らした彼女の死に顔が、まざまざと思い出された。

絵里と出会ったのは、英雄が釈放されてから一か月後のことだ。英雄の釈放で決着がついたことにより、すでにマスコミはわたしに興味を失っていた。わたしは毎日自宅に引きこもり、一日の大半を寝て過ごした。

目が覚めては死にたいと思い、何度もマンションのベランダから飛び降りようかと覗き込んだ。けれども足がすくんで、どうしてもできない。他の方法なら死ねるかもしれないと、インターネットで調べ始めた。

色々なページへ飛ぶうちに、「一緒に死にませんか」という文字が目に飛び込んできた。甘美《かんび》な誘い。吸い寄せられるようにクリックした。それは掲示板のタイトルで誰でも書き込み・閲覧《えつらん》ができ、心中相手を求めるメッセージがずらりと並んでいた。

掲示板の冒頭には「このサイトは自殺を推奨《すいしょう》、幇助《ほうじょ》するものではありません。自殺はいけないことです。思いとどまってください」と注意書きがあるものの、それはあくまでも建て前のようで、書き込みや返信は日々活発に行われている。

掲示板の背景色は真っ黒で、そこに浮かび上がる色とりどりの書き込みの文字が、投稿者たちの吐き出した毒のように不気味に見える。声なき者の、悲痛な叫び。これらを投稿した人のうち、すでに何人かはもうこの世にいないのかもしれないと思うと、背筋《せすじ》が寒くなった。

数ある投稿の中で、なぜだか一つの文章に目が留まる。

『もう疲れました。

一人では寂しいので、誰か一緒に死んでくれる人を探しています。

当方女性なので、女性を希望します』

目に留まったのは、他の投稿が恨みつらみを長々と吐き出している中、シンプルな文章だったからかもしれない。けれどもそれだけに、切実なものを感じた。メールのアイコンをクリックし、打ち込む。

『わたしも同じ気持ちです。

一緒に死にましょう』

送信すると、待ち構えていたかのように、すぐに返事が来た。

それが佐藤絵里だった。

同じ年だということもわかり、一気に親近感がわいた。絵里と何度もやり取りし、死に場所と方法を話し合った。わたしがレンタカーを借りて、中で練炭を燃やそうと提案すると、

『ダメだよ。レンタカー会社に迷惑がかかる。死ぬときは絶対に迷惑をかけちゃダ

メ』

『でも練炭は悪くないよね。楽に死ねるらしいし』

と却下《きやっか》された。

そういうわけで、練炭を使うことに決まった。

絵里がいろいろ調べ、テントに目張りをすれば密閉できるということもわかったので、夜にひと気のない山へ入って決行することになった。

絵里が練炭と粘着テープを、わたしがテントをそれぞれ手配することになったので、アウトドア専門の店に行き、初心者でも組み立てられるというワンタッチ式のテントを買った。

ついにその夜が訪れ、待ち合わせの駅で初めて絵里本人に会った。小柄で、おかっぱで、地味というより野暮《やぼ》ったい服装。春先だというのに、灰色のカーディガンに黒のパンツだ。同じ年なので三十手前のはずだが、つるんとした特徴のない面立ちをしており、幼いようにも老けているようにも見える。町ですれ違っても、まったく印象に残らない――絵里は、そんなタイプの女性だった。

「咲花子《さきこ》ちゃんだね」

絵里は、やっと同志を見つけたような、嬉しそうな顔をした。初めて会うはずなのに、わたしもなんだか懐かしいような気持ちになった。

挨拶の後は、すぐに山へと向かう。しばらくは普通のハイキングコースを登り、適当なところでコースから外れる。真っ暗な道をランタンで照らしながら、奥へ奥へと進んだ。

「この辺でいいんじゃない」

息を切らして、絵里が言った。

「うん。星もきれいだし、いいかも」

「星？　でもテントに入っちゃったら関係ないよ」

「それが、あるんだよね。天窓《てんまど》が付いてるタイプのテントを買ったの」

「え、そうなの？　いいね、楽しみ」

これから死ぬとは思えないようなはしゃいだ会話をしながら――いや、死ぬからこそ妙に浮かれていたのか――、わたしたちは慣れない手つきでなんとかテントを収納袋から引っ張り出した。月明かりとランタンを頼りに、折り畳み傘のように骨組みを広げ、思い切り上に引っ張ると、それだけでちゃんとした形になった。

「すごいすごい。こんなに簡単なんだね」

絵里が手を叩く。そんな仕草をしていても、どことなく絵里には陰気な雰囲気が付きまとう。笑顔を作れば作るほど痛々しく、寂しげだ。

アルミの杭《くい》を地面に打ち付けてテントの隅を固定すると、外側を粘着テープで目張りし、窓や出入り口のファスナーを閉め、内側にも粘着テープを貼っていった。

「それにしても、えらく大きいね」

「六人から八人用なの。透明の天窓が付いたタイプが、その時はたまたまこれしかなくて」

換気《かんき》用の開口部にもしっかりと貼り、念入りに密閉する。

「こんなので本当に大丈夫なのかなあ」

作業をしながらわたしが首をかしげると、絵里が答えた。

「雨風や寒さをしのげるように、テントは意外と気密性が高いんだって。テントの中で火を使って料理したり暖《だん》を取ったりして、うっかり死んでしまう事故も毎年あるらしいよ」

「それは可哀そう。でも、そっか、じゃあこれで大丈夫ってことだね」

「うん。さあ、できた」

絵里は粘着テープを貼り終わると、満足げにテントの中を見回した。そして天窓から空を見上げ、「わあ」と歓声《かんせい》をあげる。

「ばっちり星が見える。夜空を眺めながら死ねるなんて、最高。咲花子ちゃん、このテントを選んで大正解」

「ねえ、お酒、持ってきたから飲もうよ。おつまみもあるよ」

わたしがリュックから缶チューハイや柿の種などを取り出すと、絵里は吹き出した。

「やーだ、咲花子ちゃん、遠足じゃないんだから。ダメだよ、死ぬ前に飲み食いしたら遺体が汚くなる」

「あ、そうなの？」

「そうだよ。発見する人が気の毒だよ。まあ万が一、発見されたらの話だけど。何十年も、もしかしたら永久に見つからない可能性もあるけどね」

ふふふ、と絵里は笑った。

「自殺なんてそれだけで迷惑なんだから、極力人の手を煩わせないようにしないと。あたし、アパートもスマホも全部解約してきたよ。家具や電化製品は、ホームレスを助ける団体に寄付してきた。最後くらい、誰かの役に立ちたいなって」

「絵里ちゃん、えらいね」

わたしはそこまで頭が回らず、何の整理もしてきていない。今さらどうしようもないので、マンションは持ち家だし、忠時が死亡したことによりローンもなくなったから特に誰も困らないだろう、と思うことにする。

「もしも発見されたときにはすぐに身元もわかるように、ちゃんと運転免許証とかをそばに置いておくことも大事。あ、咲花子ちゃんも、ちゃんと持ってきたよね？」

「うん、持ってきた」

「練炭に火をつける前に、おしっこも行っておいた方がいいし。今、尿意ある？」

「あんまり」

「じゃあもうちょっと待とう。できるだけ体の中を空っぽにしてからの方がいいから。あたしは下剤も飲んで、出せるものは全部出してきたよ」

「絵里ちゃんって、なんだか慣れてるね」

わたしがそう言うと、絵里ははにかんだ。地味な顔立ちが、ほんの少し可愛らしくなる。

「だって三回目だから」

「そうなの？」

「うん。前の二回は失敗しちゃった。一回目は、リストカット。定番だよね」

絵里は自虐的《じぎゃくてき》に鼻で笑った。

「二回目は農薬を飲んだんだけど、気持ち悪くてすぐに吐いちゃって、だけど内臓が焼けるように痛くて、自分で一一九番しちゃったの。胃洗浄がこの世のものとは思えないほど苦しくて、薬での自殺は二度としたくないと思ったよ」

「そうだったんだ……」

絵里ののっぺりとした、表情に乏《とぼ》しい顔を見ていると、とても自死に対して積極的に行動を起こすようには見えない。意外だった。

「絵里ちゃんは、どうしてそんなに死にたいと思ってるの？」

「あたし、本当に一人なんだ。正真正銘の、天涯孤独《てんがいこどく》。高校の時に父を、大学の時に母を亡くしてね。何とか女子大は卒業して小さな会社に就職して事務をしてたんだけど、どうも人とうまくやれなくて。だから友達もいないし」

「わたしも天涯孤独。父も母も、きょうだいもいない」

「同じだね」絵里は少しだけ微笑んだ。「でもまあ、死にたい人なんて、だいたいそんなもんなんじゃない？」

「ああ、そっか」

「でも仕事場で彼氏ができて、世界が変わった。出入りの業者の人で、すごく優しかったの。だけど付き合って何年もしてから妻子持ちってわかってね。それでも好きだから付き合い続けたんだけど、そのうちに孕《はら》まされて中絶させられて、予後《よご》が悪くて感染症で子宮摘出《しきゅうてきしゅつ》になっちゃって……最悪でしょ。で、結局、彼には捨てられた。彼の方は二人目の子供も生まれて幸せにやってるっていうのにね。それでもう、何もかもイヤになっちゃった」

語尾が湿っぽく震えたので、わたしは絵里のか細い手をそっとさすった。

「咲花子ちゃんは、どうして？」

「夫が――殺されたの」

絵里は潤《うる》んだ目を見開いた。

「犯人は捕まったんだけど、証拠がなくて野放しになっちゃった」

絵里には何も隠すことはない。忠時のこと、事件のこと、久保河内《くぼかわち》のことを全て話した。絵里も、忠時の事件のことをワイドショーで見て少しだけ知っていた。

「そうだったんだ。最低な話。咲花子ちゃん、ひどい思いをしたんだね。咲花子ちゃんも旦那さんも悪くないのに。犯人の男、許せないよ」

絵里はぼろぼろと涙を流した。誰かが自分のために泣いてくれるなんて、いったい何年ぶりだろう。わたしたちは抱きしめ合って、しばらく互いのために泣いた。

「あ、おしっこ行きたくなった」

ひとしきり泣いた後、絵里が言い、頰を濡らしたままわたしたちは笑った。交代でテントの外へ出て用を足す。出入り口の粘着テープを再補強し、いよいよ練炭に火をつける段になった。

「はい、これ。水なしで、なんとか飲み込んで」

絵里は睡眠導入剤をくれた。それぞれ飲んでから火をおこし、テントに寝っ転がる。天窓から見える星がきれいだった。どちらからともなく手を伸ばして、つなぐ。

「咲花子ちゃんが一緒でよかった」

絵里がぽつりと呟いた。

「わたしも、絵里ちゃんがいてくれてよかった」

「どれくらいで死ねるのかなあ」

「うーん、広さによるよね、きっと」

「だったらこのテント、大きいから時間かかるのかもね」

「やっぱり小さい方を買えばよかったかな」

「ああ、いいのいいの。星を見られる方が絶対に素敵だもん」

絵里は天窓を見上げたまま、けだるそうな口調で続けた。

「なんか、ドイツにいた頃を思い出すなあ」

「ドイツ？　住んでたの？」

「小学生の頃、父の仕事で」

「わあ、かっこいい。何年くらい？」

「小学校は全部、向こう」

「すごい。じゃあ話せるの？」

「だいぶ忘れちゃったけど、少しはね。ドイツには自然がいっぱいあって、よくキャンプに行ったんだ」

「いいなあ。ドイツってどんなところ？」

「写真、見る？　昔のも、全部スマホに入れたんだ」

「見る見る」

絵里が気だるそうに上半身を起こし、自分の荷物を覗き込んだ――かと思うと、ばさっとその上に突っ伏す。

「絵里ちゃん？」

返事はなかった。

代わりに、軽い寝息が聞こえる。

絵里の規則正しい寝息を聞いているうちに、わたしも頭がぼんやりしてきた。ああ、これでもう二度と目覚めなくていいんだなと思うと、自然と口元に微笑が浮かんだ。

ゆったりと温かな海をたゆたっているような心地になる。体が重ったるくなり、少しずつ、少しずつ、沈んでいくようだ。

そのままわたしの意識は、真っ暗で大きな穴に落ちていった。


頭痛で目が覚めた。

ぼんやりとした意識の中、ゆっくりと目だけを動かして辺りを見回す。しばらくは焦点《しょうてん》が定まらなかったが、だんだんと目の前に生い茂る木々や、その合間からうっすらと明るくなりかけた空が見えてきた。

意識がはっきりしてくるにつれて、当然の疑問が湧き起こる。

――生きてる？　どうして？

起き上がろうとし、身動きが取れないことに気がついた。体を何かが覆《おお》っている。テントだ。テントはぺしゃんこに潰れてわたしの体にまとわりついており、顔のところにちょうど天窓がかぶさっていた。

――絵里ちゃんは？

両手をついて体を起こすと、頭がぐらぐらした。手探りでテントの出入り口を探し当て、粘着テープをはがしてファスナーを開ける。外に這い出たわたしは、あっと声をあげた。

テントの上に、太い木の枝が落ちている。だからテントが潰れているのか。枝はちょうど、わたしと絵里の寝ていたところを分断するように転がっていた。

「絵里ちゃん？　絵里ちゃん？」

枝を足で蹴って動かすと、かろうじて破損を免《まぬか》れた骨組み数本が自動的に元に戻り、テントにわずかな空間を作った。わたしはもう一度テントの中に潜り込む。絵里が横たわっているのが見えた。

「絵里ちゃ――」

絵里の頬を触ったわたしは、思わず手を引っ込める。とても冷たかった。血の気が引いて真っ白になった唇の前に、恐る恐る手をかざす。息をしていない。絵里の足元に、練炭と七輪《しちりん》が転がっていた。

わたしは呆然と絵里の遺体の傍《かたわ》らに座り込む。少し気持ちが落ち着いてくるにつれて、状況がなんとなく見えてきた。おそらくわたしたちが眠りに落ちてすぐ、枝が落ちてきた。それはたまたまテントを二分し、練炭のある空間とない空間を作った。だからわたしだけ助かり、絵里はそのまま亡くなったのだ。

一人だけ生き残ってしまった――

わたしはパニックになり、自分の荷物の中からナイフなど凶器になりそうなものを探した。けれども何もない。絵里のバッグも探る。しかし財布やハンカチなどが入っているだけだ。

酸素を使い切った後に燃焼が止まった練炭がそのまま残っているが、このテントの状態では密室は作れそうにない。

つまり、今ここで死ぬことは不可能なようだ。

「絵里ちゃん……ごめんね、一人で先にいかせちゃって」

絵里の額《ひたい》や頬にはりついた髪を、整えて撫でつけてやる。だらりと体の横に投げ出された両手を胸の前で組んでやろうと持ち上げ、右手にスマートフォンが握られていることに気づく。胸がぐっと詰まった。

「明るくなってお店が開いたら、ナイフかなにか買って戻ってくるからね。ああ、でもナイフで自分を切るとか刺すとか怖いよねえ。そういうのが嫌だからこそ、この方法を選んだのにな」

目を閉じたままの絵里に向かって、わたしは語り続ける。指からスマートフォンをそっと外してバッグにしまい、それから両手を胸の前で交差させた。

「テントを買ってきてもう一度同じことをしようか。でも、この辺りにそんなもの売ってないよね。ねえ、どうしたらいいと思う？」

当然だが、絵里は答えない。その眠るような顔は、本当に安らかだった。すべてのしがらみや悩みから解き放たれたのだと思うと、羨《うらや》ましくなる。

「絵里ちゃんて、こうして見ると可愛い顔立ちしてるんだね。ノーメイクなんてもったいないよ。もっとお洒落すればよかったのに……あ、そうだ」

わたしは自分のバッグを引き寄せ、メイク道具を取り出した。

「眉毛はさ、ちゃんとアーチを濃いめに描くとあか抜けるよ。アイラインもくっきり入れて……シャドーはピンクゴールドなんて似合うんじゃないかな。ここにブラウンを重ねれば、一重《ひとえ》でも大きく見えるんだよ。口紅もピンク系で合わせて……あ、チークも同じ色ね」

次々と絵里の顔にメイクを施していく。のっぺりしていた絵里の顔が、華やかに、立体的になった。

「できた。すっごい可愛いよ……って、絵里ちゃんの好みじゃないかな？　完全にわたし流かも。でも似合ってる」

もしも絵里と違う形でずっと前に出会い、仲良くなっていたら。そしてこんな風にメイクをしてやり、魅力を引き出せるファッションのアドバイスをしていたら。そうしたら人生の楽しさを見いだして、命を絶とうだなんて思わなかったかもしれない。今となってはどうしようもないことを、ついわたしは想像してしまう。

「でも、やっぱり絵里ちゃんは清楚《せいそ》な方が似合うのかな。どうしよう、もし早いうちに遺体を発見されても、身分証明書の写真とあまりに違うから本人だと認められなかったりして。こんなケバい女じゃない！　って」

くすっと笑いかけて、自分の発した身分証明書という言葉にハッとする。

絵里は、もうこの世にいない。けれども彼女の運転免許証や保険証などはここにある。そして、わたしは生きている。

わたしは、絵里として生きなおせるのではないか――？

ごくりと唾をのみ、震える手で絵里のバッグから財布を取り出した。運転免許証、健康保険証、ポイントカード、レンタルビデオ店の会員証など、絵里の人生一式が詰まっている。

これがあれば。

これさえあれば、わたしは絵里になり代わることができる――

絵里は天涯孤独だと言っていた。友人もいないとも。それなら、わたしが絵里として暮らしても誰も気づかないのではないか。

「絵里ちゃん」

絵里の手の上に、自分の手を重ねた。

「あなたの人生をもらってもいい？　わたしにチャンスをちょうだい。あの男の罪を暴いてやりたいの」

最後くらい、誰かの役に立ちたいと言っていた絵里なら、許してくれるのではないかと思った。もちろん都合良く解釈していることは自覚していたが、普通ならあり得ないような好機を逃してはいけないとも強く感じた。

絵里の顔は、「裏切るのか」と怒っているようにも、「いいよ」と微笑んでくれているようにも見えた。

「すべて終わったら、ここに来る。絵里ちゃんを一人にしないから。だからその時まで待っていて」

わたしは、いったい誰に言い聞かせているのだろう。辺りを漂っているかもしれない絵里の魂か。いや、罪悪感を感じないために、自分自身に言い聞かせているだけだ。

心を決めると、絵里の遺体と共にテントを小枝や葉っぱなどで可能な限り覆い隠し、絵里と自分のバッグを持って、来た道を戻った。

来る時は絵里と一緒だったが、こうして一人きりでうっそうと茂る木々の間を歩いていると心細く、まるで異次元に迷い込んだような気持ちになる。何羽ものカラスがげえげえと不気味な鳴き声をあげながら旋回《せんかい》し、野犬でもいるのか遠吠えも聞こえる。ここは本当に、文明の利器にあふれた日本と地続きなのか。見上げる空すら、いつもと違って見える。

やっとの思いで森を抜けて歩道に出ると、急に視界が開けた。ハイキングコースの矢印や、食事処の看板などを見ると、どっと力が抜ける。まるで死後の世界から戻ってきたような気がした。

残っていたわずかな現金で切符を買って自宅に戻ると、自分の銀行口座からあるだけのお金をおろして絵里の口座に入金した。絵里の口座には六十万円ほど残っていて、あわせると百八十万円程度になった。

それから絵里の身分証明書を使って安いアパートを借り、携帯電話の契約をした。少しでもお金を浮かせるために元の自分のマンションで暮らし、自分の携帯電話を使うことも考えたが、絵里と自分のつながりは完全になくしたほうがいいだろう。

そして美容整形外科へ行った。わたしの顔は英雄に知られているはずだ。週刊誌やワイドショーでは目が隠されていたが、ネット上ではいろんな写真が出回っている。だから近づくには、顔を変えなければならない。

絵里のスマートフォンから顔の細部が写っている写真を見せて、このような顔にしてほしいと伝えた。

「二重《ふたえ》まぶたを一重にするのは、できないことはないけど、難儀なんだよねえ」

医師は困っていたが、なんとか希望をかなえてくれた。まぶたを一重にし、鼻も削って低くし、額に骨セメントを入れて高さを出し、エラにプロテーゼを入れて少々張り気味にし、顎のラインに丸みを持たせた。

手術後は顔がパンパンに腫れ、骨がずきずきと痛んだ。けれども腫れが引き、手術痕が消えた三か月後には、自分でも驚くほど絵里そっくりになっていた。

免許証の写真に合わせて、髪もおかっぱに切る。服装まで似せる必要はないと思ったが、目立ちたくないという気持ちから、つい地味なものを身に着けるようになった。立ち振る舞いも控えめになり、まるで本当に佐藤絵里になったかのような錯《さっ》覚《かく》に陥《おちい》りそうなほどだ。

腫れや傷跡がおさまるとすぐ、わたしは英雄を捜し始めた。

事件前に勤めていた病院を退職したことは、報道で知っていた。無実であっても、同僚や患者に与えた迷惑を気にしての依願退職だったらしい。

その病院以外に特に手掛かりはなかったが、退職したとしても必ずどこかで医師として働いているはずで、しかも「久保河内《くぼかわち》」という目立つ名字だから捜しやすいだろうと楽観《らっかん》していた。が、甘かった。検索しても全くヒットしないし、インターネットに晒《さら》されていた彼の住所を訪ねてみても、当然ながらすでに引き払われていた。探偵を雇うことを考えたが、これからのことを考えると第三者が介入《かいにゅう》しないほうが賢明だろう。

途方に暮れたが、英雄の妹の線から行方《ゆくえ》を捜せるかもしれないと思いついた。ネットでは妹が入院する病院も特定されており、騒ぎを避けて転院したという情報が載っている。転院先までは載っていなかったものの、人工心臓をつけた患者が通院・入院できる認定施設は限られるようだ。これまでの主治医のサポートも得られるように、極端に離れた所へ移るとは考えにくい。だから元の病院から一番近い認定施設ではないかと踏んだ。英雄は亜希子のそばを離れないはずだから、転院先から通院可能な範囲で暮らしているに違いない。

転院先だと思われる病院を中心としたエリアにある医院を、わたしは地道に捜して回った。病院やクリニックに風邪を引いた、頭痛がすると言っては受診し、壁にかかっている医師免許証などから働いている医師の名前を確認した。

開業したのかもしれないと新しい病院へも行ってみたが、新規開業の病院は数か所しかなく、そこにも英雄の名前は見当たらなかった。よく考えてみれば、開業すれば院長として名前を出さなくてはならないのだから、可能性は薄いのかもしれない。

もう医師として働いてはいないのだろうか。

あるいは思い切って遠方に引っ越した可能性もある。

もしかしてわたしは、まったく見当はずれなことをしているんだろうか——

手詰まりになり焦《あせ》っていたある日、たまたま行った病院の待合室で、高齢者の会話が耳に入ってきた。

「事件の後、先生は訪問診療を専門に始めたらしいよ。熊谷《くまがい》さんとこ、早速来てもらってるって」

「うちもいざとなったらお願いしようかしら」

事件、そして訪問診療という言葉にハッとする。

「あの、わたしも訪問診療してくださる先生を探しているんです。なんという先生ですか?」

わたしは高齢者たちに話しかけた。女性二人、男性一人のグループだった。

「久保河内先生っておっしゃるんですよ」

老女はにこにこして答えた。わたしの心臓が、どきんと跳ねる。ついに見つけた。

「もともとは大きな病院で外科をなさっていた偉い先生ですよ。といっても、わたしらなんか、子供の頃から知ってるけどねえ」

老女がころころと笑うと、男性も笑った。

「先生が地元に戻ってきてくださって、よかったよかった。わしらも安心して年を取れるよ」

「この辺りでは有名なお医者様一家でね。お父上も総合病院の院長をなさったり、医師会でもお偉いさんだったみたいで、そりゃあ優秀なおうちなんですよ」

自分のことのように、別の老女が自慢げに鼻を膨《ふく》らませた。

「けど、皮肉なもんだよねえ、母親は癌《がん》で早くに死んじまうし」

「妹さんだって、生まれつきの病気でねえ。本当に可哀そうだよ」

「でもだからこそ、先生は患者の気持ちがわかるんだねえ」

高齢者たちが、しみじみする。

「久保河内先生っておっしゃるんですね。なんとなく、お名前を聞いたことがあるような気がします」

さりげなく言うと、男性が「そりゃそうさ」と言った。

「事件があってね、間違いで疑われちゃったんだから」

「ちょっとヨシさん、そういうことは」

女性が、小声で男性をたしなめる。

「どうしてさ。先生は何も悪くないんだ。わしらだって堂々としてるべきなんだよ」

「そうよ、先生こそ被害者なんだもの」

わたしは聞こえなかった振りをして、肝心なことを切り出した。

「久保河内先生の診療所はどこにあるんですか？」

「先生の診療所があるわけじゃなくて、色々な病院の非常勤として訪問診療を担当していらっしゃるの」

そういうことか。どうりで見つからなかったはずだ。

「じゃあ、どの病院に行けばお世話になれるんでしょうか」

「あすなろ医院や古賀《こが》病院、第一病院と提携してるって仰《おっしゃ》ってたけど」

「わかりました。ありがとうございます」

わたしは礼を言い、すぐ待合室を出た。

それらの病院を訪ねても、実際はわたしに訪問診療が必要なわけではないから紹介してもらえないだろう。そこで熊谷という家を捜すことにした。

近隣の電話帳では、その名字は一軒だけだった。最近は電話帳に番号を載せていない家も多いから他にもあるのかもしれないが、とりあえずそこに行ってみる。レンタカーを付近に停めて何日か張り込んでいると、ある日英雄が自転車でやってきた。

テレビで見たのと同じ顔だ。いや、少しふっくらしたかもしれない。

膝ががくがくと震える。ずっと捜していたのに、いざ本人を前にすると、どうしていいかわからなくなった。

あの男が、夫を殺したのだ。

今すぐ車から飛び出してめった刺しにしてやりたいという衝動を抑え、英雄の行動を見守った。英雄は熊谷家の前に自転車を停めてチェーンをかけると、インターホンも押さずに中に入っていく。

出てきたら、声をかけてみよう。でもどうやって？　これまで捜し出すことばかりに気を取られ、話しかけるきっかけなど考えていなかった。

三十分ほど経《た》つと、英雄が玄関から出てくるのが見えた。見送りに出ていた家人がいなくなったのを確かめ、わたしは車から出る。

「あの……」

自転車のチェーンを外していた英雄は振り向いてわたしの姿を認めると、警戒するような表情をした。

「なんでしょう？」

「わたし、実は……」

すぐそこに夫を殺した男がいる。頭が真っ白になって言葉を失い、黙って突っ立っていた。そんなわたしを無視して、英雄は自転車にまたがる。

「待ってください」

英雄は答えず、そのまま発進させた。

「お願い、待って」

わたしは走って追いかけた。

「あなた、マスコミの人でしょう？」

自転車をこぎながら、英雄は不愉快そうに言う。

「え？　いえ、わたしは――」

「お願いだから、これ以上つきまとわないでください。やっと落ち着いたんです」

そう言うと、英雄はスピードを上げた。

「違います、わたし、わたし……」

英雄の背中に向かって、わたしは走りながら必死で叫んだ。

「支援する会に、いました！」

英雄の自転車が急停車する。

「元患者ではありません。面識もないです。だけどあなたが無実なのが伝わってきたので、ビラを配ったり、署名を募ったり、活動してきたんです」

英雄は自転車にまたがったまま、ゆっくり振り向いた。わたしは小走りで英雄のところへ行く。

「だから今日は、興味本位で来たわけではなくて、あれからどうしていらっしゃるかと思って様子を見に――」

やっと英雄の隣に追いついたところで息があがった。呼吸を整えていると、「失礼しました」と英雄が頭を掻《か》いた。

「てっきり、またマスコミの方なのかと。あの時は連日追い回されて、ノイローゼ気味になりましたので」

英雄は自転車を降り、スタンドを立てて自立させると、深々と頭を下げた。

「本当にありがとうございました。今、僕がこうしていられるのは、支援する会の皆さんのおかげです」

「やめてください、わたしは何も――」

英雄は体を起こし、まじまじとわたしの顔を見る。ぎくりとした。顔は変わっている。わたしだとバレないはずだが、それでも嫌な汗をかいた。

「失礼ですが、お名前は？」

「佐藤です。佐藤絵里」

「佐藤さんですか。すみません、お世話になっておきながら、支援する会全員のお名前を存じ上げてるわけじゃなくて――」

「いえ、そんなことといいんです。わたしは最後のほうで、ちょっと参加しただけですから。他の会員の方も、わたしのことなんて知らないと思います」

予防線を張っておく。

「それにしても、どうしてここに？」

「どうしても気になったので、人づてに聞いてたどり着きました」

どう答えようか迷ったが、ここだけは事実を言うことにした。さっきの老人たちは英雄の顔見知りだろうし、わたしが聞きだしたことはいずれわかってしまう。

「はあ、そうですか……」

明らかに、英雄は戸惑っている。「だとしても、どうしてここまでするのか？」

と問いたげな表情だ。

「お気遣いありがとうございます。おかげさまで、僕はこうして何とかやっています。では次の診療に遅れますので、これで」

英雄は軽く会釈《えしゃく》し、自転車のスタンドを蹴ってまたいだ。

「また会えますか？」

わたしの言葉に、ペダルを踏もうとしていた英雄がぎょっとして振り向く。

「もっと久保河内さんと話してみたいんです」

「……どうして？」

「事件の渦中にいる時も毅然《きぜん》としていらっしゃいましたよね。素晴らしいと思いました」

「いや、それはだって、自分が無関係なのは自分が一番よく知ってたから」

「だけど最初は犯人扱いされたでしょう？　悪いのは相手の方だったのに。詐欺師だったなんて、ひどいですよね」

「いや、でも僕はそれを知らなかったので」

「それは本当ですか？」

英雄の目が、再び警戒するように鋭くなる。わたしは慌てて取り繕《つくろ》った。

「いえ、週刊誌などで読みましたが、相手の男はいろいろと悪いことをしてきたんですよね。そんな人を信じていたなんて、とても純粋な方なんだなと思って」

「そんな立派なもんじゃないですよ」英雄が苦笑し、首を振る。「あの、もう失礼させていただきますね。患者さんが待っているので」

「でも――」

「支援する会の方とはいえ、あまり個人的に接点を持たないほうがいいんじゃないかと思うし」

発進しかける英雄の腕を、とっさに摑む。

「じゃあ、もう会えないんですか？」

わたしはよほど必死な目をしていたのだろう、困ったように英雄が眉を寄せた。

実際、わたしは何とか英雄に近づこうと必死だった。

「だって別に会う必要は――」

「惹《ひ》かれているんです」

とっさに言葉が口をついて出ていた。

「――はい？」

「久保河内さんに、異性として惹かれています。もっと知りたいんです」

沈黙が流れた。こんなことを言えば、余計に警戒され、二度と会ってもらえないかもしれない。けれども今のわたしには、真正面からぶつかることしか思い浮かばなかった。支援する会にいたということだけでは不十分であれば、これしかない。一か八かの、賭けだ。

「あなたはきっと、勘違いしている」

長い沈黙の後、英雄が静かに言った。

「おそらく、いえ、確実にそれは、一時的な気の迷いです。殺人犯などをテレビで見て感情移入し、恋をしたり結婚したいと思ったりする人が時折います。あなたはきっと、今そういう状態にあるだけですよ」

「そんなことありません」

「僕は殺人の容疑者となった男ですよ。今はこうして普通に社会生活を送っていますが、恋愛や結婚となると話は別です。僕にはもう人を好きになる資格も、誰かから愛される資格も、幸せになる資格もないんです」

「わたしは気にしません」

「あなたが良くても、ご両親が許すはずないでしょう」

「わたし、両親はもう亡くなっているんです。きょうだいもいません。自分ひとりなんです。だから久保河内さんのことが気になったのかもしれません。久保河内さんにも孤独を感じたから。支えになりたいって強く思ったんです」

「いや、だからそれは同情であって――」

「だったら、見極める時間をください！」

英雄の眼鏡の奥の目が、大きく見開かれる。

「あなたへの気持ちが、気の迷いなのか、そうでないのか、わたし自身にもわかりません。だから判断するチャンスをください。お願いです」

わたしがはらはらと涙を流すと、英雄は「わかりました。わかりましたから」と慌てた。

「これが僕の連絡先です。いつでも連絡してください」

英雄は、名前と携帯番号だけが書かれた名刺をわたしに差し出した。

「嬉しい。ありがとうございます」

微笑むわたしから目をそらすように、

「では」

と英雄はぎこちなく会釈し、そのまま走り去っていった。

英雄の姿が見えなくなると、わたしはさっさと涙を拭《ぬぐ》う。携帯の番号を自分の電話に登録すると、名刺を握りつぶし、どぶに捨てた。

それから英雄と時々会うようになった。わたしは何とか好意を持ってもらおうと、大人しくて従順な女性を演じた。

英雄は面白みのない、地味な男だった。医師なのに、ブランド品などひとつも持っていない。眼鏡も格安のもので、財布や靴も量販品だ。趣味といえば時々映画館に足を運ぶことで、しかも目当てはハリウッドのメジャーなものではなく、歴史や戦争、伝記、大自然などをテーマとしたドキュメンタリーだ。

会話も退屈だった。何かを聞いても若干ずれた答えが返ってきて、いらいらさせられる。

偏見《へんけん》かもしれないが、医師であるだけでどんなに容姿が悪くても変わり者でも、ある程度は女が寄ってくるものだと思っていた。けれども英雄に限っては女の影はなく、そしてそれが当然のことだと納得できる。

だけどわたしはドキュメンタリー映画にも嫌がらずに付き合い、彼の語る感想に熱心に耳を傾けた。少し遠出をするときには弁当を作ったり、仕事が忙しいと聞けば夜食をタッパーに詰めて差し入れるなど、家庭的なアピールも忘れない。

そういう地道な努力が功《こう》を奏《そう》して、英雄は徐々《じょじょ》に心を開くようになってきた。けれども終末期医療を受ける患者を抱えているため、会う約束をしても直前にキャンセルになったり、やっと会えても緊急の呼び出しで患者宅に急行することも多い。事件の手掛かりを探そうにも、こんな風に慌ただしく会うだけでは埒《らち》が明かない、と思った。

「わたしと結婚してくれませんか？」

　半年ほど経ったある日、わたしが切り出すと英雄は驚き、それから首を横に振った。

「結婚だなんてとんでもないよ。僕はこうして時々会うだけで充分楽しいから」

「わたしにとっては充分じゃないの」

「だけど……」

「話したでしょう？　わたしはずいぶん前に両親を亡くしてる。だから早く、自分の家庭を持ちたいの」

「僕は殺人の容疑者になった人間なんだよ」

「関係ないじゃない。容疑者は犯人とは違うんだもの」

「ダメだよ。偏見を持つ人だって大勢いる」

「わたしがあなたを信じているんだから、それでいいじゃない」

「よくない。わざわざこんな男と結婚することはないよ。ちゃんと君の将来を考えるんだ」

　英雄はなかなかわたしのプロポーズを受け入れず、このようなやり取りを会うたびに繰り返した。

　二か月ほどかけて説得するうちに、頑なだった英雄の心も少しずつ溶けていった。わたしがどれだけ英雄を人間として尊敬しているか、一生を添い遂げるなら英雄しか考えられない、などと言い続け、そしてやっと、入籍に至ったのだ。

「……さきこ……ちゃん……そっちじゃないよ」

英雄がわたしの本当の名前を呼んだように聞こえ、ドキッとして現実に戻る。

わたしの隣で、英雄が寝返りを打った。英雄は、かなりはっきりした寝言を言う。共に生活し始めたこの数日でわかったことだ。今のは妹の亜希子の名を呼んだのだろう。

寝ている時くらい、黙っていてくれればいいのに。声を聞くと虫唾《むしず》が走る。顔だって見たくない。

けれどもわたしは、この男の妻なのだ。この男のために食事を作り、洗濯をし、掃除をし、そして体を許す。

どんなことでも英雄にはしてやる。だけどわたしが尽くしているのは英雄ではない――忠時だ。

英雄の無防備な寝顔。白髪が多いのに、眼鏡を外してみると幼い。少し口を開けて、軽いいびきをかきながら、安穏《あんのん》と眠っている。

——こいつは息をしている。

それが無性《むしょう》に腹立たしい。

無意識に体を英雄のほうに乗り出し、首に手をかけていた。このまま全体重をかけて、思い切り首を絞めれば——

そうすれば、全てが終わる。

わたしは乾いた唇をなめ、腕に力を込めようとした。しかしその時、再び英雄が反対方向に寝返りを打つ。

我に返った。

今、殺してはいけない。

英雄は不幸な運命に翻弄《ほんろう》された偉大な医者、というクリーンなイメージを保ったまま善人として死んでしまう。そして忠時は悪人のままだ。事件の全容がわかるまでは、生きていてもらわなければならない。

わかっているのに、毎日こんな風に衝動に駆られてしまうことがある。

英雄が風呂に入っている時に、ヘアドライヤーを湯の中に落とせば。

食事の中に、ドクゼリなどを混ぜてしまえば。

眠っている間に、めった刺しにすれば。

どれも簡単にできる。

だけど、だからこそ。

だからこそ、殺すのは最後の手段。殺すことでしか忠時の無念を晴らすことができなくなった時だけだ。

憎い相手をそばに置き、衝動を飼い殺しながら、愛しているふりをするのは地獄だ。

決して沈むことのない憎悪の太陽にあぶられ、絶望の熱砂に素足を灼かれ、憤怒《ふんぬ》の炎が体内に燃え盛っている。

けれどもわたしは、この灼熱の地獄をたゆまず進む。

いつか、業火《ごうか》が焼き尽くすだろう。

英雄を。

そして、わたしを。

7

一緒に暮らし始めてから二週間が過ぎ、三週間が過ぎ、英雄との生活にもだんだんと慣れてきた。

朝見送ってからは日課のように家の中を漁り、なんでもスマートフォンのカメラに収めて保存する。これまで生命保険の証書や源泉徴収票《げんせんちょうしゅうひょう》、確定申告の控えなどが出てきたが、特に事件のヒントにはならなそうだった。銀行の通帳は金銭的な動きが直接わかるので期待していたが、光熱費やクレジットカードの引き落としなどわかりやすいものばかりで、忠時へ振り込まれた三千万、そしてそれが釈放後に返金された記録以外は、巨額の出入金などはない。逆に、質素な生活が浮き上がって見えた。

英雄の財布に入っているクレジットカードの数に対して、郵送で届く明細の数がかなり少ないことにも気がついた。どうやらほとんどがペーパーレスに切り替わっているようだ。一緒に暮らしていても、配偶者の情報は把握《はあく》しにくい時代なのだな、と感じる。

なかなか収穫がなくて、気持ちばかりが焦る。そもそもは、「これ」という具体的なものを探しているのではない。実際は詐欺であることを知っていたという証明になりそうなもの、という漠然《ばくぜん》としたものだ。それはメモ書きかもしれないし、ノートに記してあるかもしれないし、または記録など何もない可能性だってある。まるで雲をつかむようなことをしているのだと、最近つくづく空《むな》しくなる。

いつ、どのように忠時と知り合ったのかがわかるものも探したかった。二人が知り合った経緯は報道されていたが、それはあくまでも英雄の供述《きょうじゅつ》によるもので、真実ではないかもしれない。二人の関係性が実際にどうだったか、誰にもわからないのだ。

　穏やかで誠実に振る舞っている英雄だが、裏の顔があるに違いないと思い、患者とのトラブルやクレームが寄せられていないか観察もしている。が、評判はとてもよいようだ。特に終末期医療が主なため、患者本人、またその家族から、家族同然の存在として受け入れられ、感謝されている。

　探れば探るほど、知りたいことから遠のいていくような気がして、わたしは毎日、内心イライラしていた。

　そんないつもの日課に加えて、数日に一度、必ず行うことがある。英雄の妹、亜希子の見舞いだ。この日もお昼を食べたあと、外出の用意をした。

　玄関を出ると、むうっとした熱気のかたまりに包まれる。やっとの思いで駅に行き、電車で二駅先の総合病院へ向かった。受付で名前を記入してパスを受け取り、病室へ入る。

「あ、絵里さん」

　ベッドで枕にもたれて手芸をしていた亜希子が、嬉しそうに顔をあげる。

　結婚前から、ちょくちょく見舞いには来ている。彼女の病気が事件に利用されてしまったようで申し訳なかったし、彼女には一切の非がないのにマスコミが病院に張り込んだりと気の毒だった。当然ながら彼女には何の落ち度もなく、ただ単に巻き込まれただけである。深刻な病状も相まって、わたしは心から同情していたのだ。


「どう？　調子は」

「うん、まあまあ」

亜希子は縫物《ぬいもの》の手を止め、サイドテーブルに道具一式を置いた。

「可愛い生地《きじ》ね。何を作ってるの？　下着用のポーチかな？」

女の子らしい、ピンクの花柄のキルティング。ファスナーもついており、旅行の際に着替えや下着などを持ち運ぶのに便利なサイズだ。

「あ、これね。補助人工心臓のコントローラーとバッテリーを入れるの」

あっさりと、ごく普通のことのように言う。

「退院して外出もできるようになったら、この一式を持ち歩かなくちゃいけないでしょ？　ちょっとでも可愛いバッグに入れたいなって。見て。色柄違いもあるよ」

無邪気にサイドテーブルの引き出しから、サックスブルーやオレンジの生地を取り出してくる。

「そっか……とってもお洒落だよ」

「本当？　ありがとう。あとはショルダーストラップをつければ完成なんだ」

女性らしい、可愛いポシェットにくるまれた、人工心臓のコントローラーとバッテリー。それこそが、亜希子の人生を象徴しているような気がした。

「あれ、そういえばヒロミちゃんは？」

ここは二人部屋で、カーテンが真ん中を仕切っている。亜希子と同室のヒロミは同年代ということもあり、親しくしているようだった。おかっぱ頭で色白の可愛らしい子で、とても礼儀正しく、わたしが入室すると必ずカーテンを開けて「いらっしゃい」と挨拶をしてくれる。付き添いの母親もとても感じがよく、互いの見舞いの品をおすそわけしあったりと、良好な関係を結んでいた。

「退院したの？」

「ううん」亜希子は首を横に振った。「亡くなったの、おととい。急変して」

「え……」

そのままわたしは言葉を失う。こうして目の前にいる亜希子は普通に会話をし、顔色もまあまあ良い。だけど死と隣り合わせなのだと、あらためて実感してしまう。ヒロミもいつもにこやかで、声もはきはきと大きく、元気に見えた。なのに死が彼女を呑み込んでしまった。あの優しそうな母親の気持ちを考えると、胸が締め付けられる。

「慣れないなあ」

亜希子がため息をついた。

「え？」

「子供の頃から何回も経験してる。一緒に入院してる子が亡くなること。毎回、どうしようもなく悲しくて辛い。いつかは自分もって、心が折れるしね。しかも、こういう病気だから何人も立て続けにっていうこともある。誰かを見送るたび、本当に辛いよ」

亜希子は涙をこぼした。

「亜希子ちゃん……」

わたしは手を握り、肩をさすってやる。

補助人工心臓は、あくまでも心臓移植を待つ間の一時的な処置で、生涯にわたって使用し続けることができるわけではない。人工心臓で延命している間に移植の機会を待つが、もちろん間に合わずに亡くなってしまうこともある。

補助人工心臓と聞いても、わたしのような一般人には全くピンと来なかったし、「植え込み型」と聞いた時は体内に完全に埋め込まれているものなのだと思い込んでいた。しかしベッドで枕にもたれる亜希子の腹部には穴があけられ、そこを通るケーブルが人工心臓と外部コントローラーをつないでいる。

植え込み型補助人工心臓が開発されたことで、自宅療養も可能になり、また状態が安定していれば通学や通勤も可能になるなど、劇的にクオリティ・オブ・ライフは改善したらしい。とはいえ、腹部に常に穴があいているということは、それ自体が感染症や肉芽《にくが》形成などのリスクを伴う。また、血液は異物に触れると固まって血栓《けっせん》を作りやすくなるため、塞栓症《そくせんしょう》などの合併症を起こす可能性もある。だから定期的な通院はもちろん欠かせないし、体調が悪くなれば長期入院も必須になるのだ。

亜希子の場合は血栓ができて脳に飛んだため、軽い脳梗塞《のうこうそく》を起こしてしまったらしい。幸い後遺症は残らず、今は管理入院で様子をみている。

「リンゴ食べる？　オレンジも買って来たよ」

亜希子がひとしきり泣き、気持ちが落ち着いたころを見計らって声をかけた。比較的食事制限は緩い。極端に塩分や脂肪、抗血栓薬の効果を妨げる緑黄色野菜や納豆などを摂るのでなければ、好きなものを食べてもよいと言われている。

「うん、食べたい」亜希子は涙をぬぐい、笑顔になる。「あ、トマトとかもある？」

「桃太郎ゲットしてきた。亜希子ちゃんの大好物だもんね」

「嬉しい。やっぱ絵里さんってわかってる」

「あとはポッキー、キットカット、コアラのマーチ」

果物に続いてスナック菓子を取り出すと、亜希子が目を輝かせた。ほとんど外部と接触を持たず育ってきたせいか、年齢よりもずっとあどけない。

「やーん、食べたかったものばっかり。お兄ちゃんだと、センスないんだもん。ポッキーって言ったのにプリッツ買ってきたり、たけのこの里って言ったのにきのこの山を買ってきたりするし。文句言ったら『同じだろ？』って。違うっつーの」

「違うよねえ」

「全然違うよ」

二人で顔を見合わせて、ふふ、と笑う。

オレンジやリンゴを剝《む》いてやっていると、

「よかったなあ、絵里さんみたいな人がお兄ちゃんと結婚してくれて」

と亜希子がしみじみ言った。そういう時、少し胸が痛む。が、それはそれだと割り切るようにしている。

「まりえさんなんかより、ずっとよかった」

「まりえさん？」

元カノだろうか。亜希子はしまった、という顔をしたが、わたしは英雄の元カノに対してジェラシーなど感じない。

「気にしないでいいよ。誰？」

「前に勤めてた病院の外科部長さんの娘。婚約してたけど、事件のあと破談になったの。部長さんはとっても良い人で、お兄ちゃんの腕を買ってくれてたし、事件の時の署名運動も早い段階から率先《そっせん》してやってくれてたんだけどね。だけどそんな人でもやっぱり、自分の娘と結婚させるとなると躊躇《ちゅうちょ》したんじゃないかな。お兄ちゃんが釈放されてすぐ、なかったことにしてくれって申し入れてきた」

「そうだったのね」

婚約していたのは初耳だった。こういう経験もあって、わたしとの結婚も迷っていたのかもしれない。

「でもさ、はっきりと事件のせいだとは言わないわけ。娘の気持ちが変わったとか、恋愛である以上仕方がない、とか、のらりくらりはぐらかすの。病院関係者にはお兄ちゃんの味方も多かったし、一応人格者で通ってる人だから、事件のことを気にしてることは表立って言いにくかったみたい。まあ、もちろんバレバレだったけどね。お偉いさんだから、やっぱり本音と建て前は違うんだよね。うちの父だって医師会の幹部だったから、わたしが子供の頃からなにかと世間体《せけんてい》ばかり気にして、窮屈だった」

「そうなの？」

「まあ、わたしの病気のことがあったから、特にお兄ちゃんをしっかり育てないとって思ってたのかもしれない。医学部の中でも序列があるから、絶対にココの医学部に受かれって、お兄ちゃんにすごい厳しかったし。父も可哀そうなところはあったんだよね。母も進行癌で亡くしてしまうし、わたしはこんなだし。父にすれば、お兄ちゃんだけでもしっかり立派な医者に育てなくちゃって思いつめてたんだろうな。結局は父も病気で亡くなったわけだけど。ほんと、うまくいかないね」

リンゴを頬張りながら、人生を達観《たっかん》したように語る。

「だからとにかく、絵里さんみたいな人が、お兄ちゃんと結婚してくれて本当によかった。優しいし、お料理上手だし」

家庭の味も恋しかろうと、時々おでんや魚の煮物などを作って差し入れることがあった。亜希子はそのたびに喜んでたいらげてくれるので、ついついわたしも喜ぶ顔が見たくて、作ってきてしまう。

「お兄ちゃんは幸せだよね。おいしいものを毎日食べられて」

「亜希子ちゃんも退院したら、毎日作ってあげるわよ」

「いいの?」

亜希子が嬉しそうな顔をする。彼女の「いいの?」にはふたつの意味がある。ひとつは、料理を毎日作ってもらうことに対して。そしてもうひとつは、退院したら同居するということに対してだ。

「あたりまえでしょう。あそこは亜希子ちゃんのおうちなんだから。わたしがそこに住まわせてもらってる立場なのよ」

　英雄がなかなか結婚に煮え切らない中、押しの決め手は亜希子のことだった。補助人工心臓をつけている患者には、機器の不具合など万が一に備えて、原則的に二十四時間の介助者が必要となる。父親と共に仕事を調整しつつ介助していたが、二年前に父親が亡くなってからは、英雄が不在の間、仲間の医療従事者が交替で付き添ってくれていたという。

　とはいえ、英雄の仕事柄、突然呼び出されることも多く、介助者の手配が間に合わないこともあった。その不安もあって、今回の入院ではなかなか退院させてやれないことを、英雄は悩んでいたのだ。

「わたし、亜希子ちゃんの良い友達になれると思うな」

「退院できて自宅療養になったら、一生懸命お世話するよ。低カロリーで塩分控えめ、だけど栄養たっぷりなレシピもいっぱい知ってるし」

「介助者になるには、人工心臓の機器を取り扱うトレーニングが必要なんですってね。わたしで良かったら、頑張って勉強するわ」

　予想通り英雄にとっては亜希子のことは弱点だったようで、亜希子を引き合いに出せば出すほど、より具体的にわたしとの結婚を考えてくれるようになった。

　しかし、亜希子に関してのわたしの言葉は、全て本音だった。病床《びょうしょう》にある亜希子が気がかりで、できる限りのことをしてやりたいと思っていたのだ。

そして結婚前に、挨拶を兼ねて英雄とともに病院へ見舞った。亜希子は「いろんなことがあったし、もうお兄ちゃんにお嫁さんなんて来てくれないと思ってた」と泣きながら喜び、「絵里さん、よろしくお願いします」と頭を下げた。その時に絵里は、英雄のことは関係なく、亜希子のことは必ず大切にしようと誓ったのだ。

「あら、これなに？」

皮を剝き終わってゴミを捨てていると、棚の上に何かが飾ってあるのが見えた。前回来た時にはなかったものだ。写真立てのようだが、写真が数分おきに替わっていく。

「デジタルのフォトスタンドだよ。いいでしょ。お見舞いでもらったの」

「へえ、こんなのがあるの」

「メモリーカードをさせば、勝手に写真が入れ替わるの。デジカメに入れっぱなしのカードを入れてみたんだけど、すごい古い写真も出てきて笑っちゃう」

友達とピースサインをしているものや桜の下で撮影したもの、制服を着て写っているものもある。亜希子にも楽しい青春があったことにホッとした。

「あら、この男の人は？　先生？　すごくかっこいいじゃない」

洒落たスーツの男性と、腕を組んで写っている。

「えー」亜希子が吹き出した。「そんなにイケメン？」

「うん、俳優さんみたい」

「やだなあ絵里さん。それ、誰だかわかんないの？」

「ん？　わたしの知ってる人？」

デジタル写真立てを手に取り、ためつすがめつする。

「それ、お兄ちゃんだよ」

「え、嘘」

亜希子がおかしそうに笑う。

「いつだっけ、お兄ちゃんがまだ医学生の頃のだと思う」

顔も体も、ほっそりしている。しかし体型が違うというだけでなく、茶色く染めた髪や、スーツの着こなし方など、今の英雄からは考えられないほどあか抜けている。

「全然違うじゃない」

「だよね。この時期は、いかにも医学部のボンボンって感じだったよ。いつも車に女の子を乗せて、ドライブしてさ」

「へえ……」

あの堅物《かたぶつ》な英雄にこんな時代があったとは、かなり意外だった。

「でも、国家試験を受ける直前あたりから、急にまじめになったの。髪もまっくろにして、服もちゃらちゃらしたのは着なくなったし、たくさんいたガールフレンド全員と別れて。医療の道に専念するんだなって思った」

亜希子の口調は、なぜだか少ししんみりしていた。

「そうだったの」

見れば見るほど、英雄とは思えない。昔はこんなにハンサムな人だったのか。

亜希子がフルーツを食べ終えると、一緒にテレビを見た。何も語らなくても、誰かがそばにいて時間を過ごしてくれるだけで癒されるのだという。同年代の女性が当たり前に享受《きょうじゅ》しているであろうことが、亜希子にとっては特別なことなのだ。

そう思うと、これからもできる限り時間を作ってきてやらなければと思う。

「絵里さん、ありがとね」

夕方になって帰り支度をしていると、亜希子が言った。

「ん?」

「忙しいのに、いつも時間作ってきてくれて」

「あら、いいのよ」

「一人でいると、いつも心細いんだ。病気と付き合って長いのにね」

「長くたって、不安なのは当たり前よ」

「わたしさ……早く良くなりたいんだ。だけどそう望むことに葛藤《かっとう》がある」

「何言ってるの。どうして葛藤なんて感じるの？」

「だって……わたしが良くなるってことは、誰かが亡くなって、心臓をもらえた時だから」

その言葉に、どきりとする。

「それは確かに、そうかもしれないけど……」

「つまり、わたしが健康な生活を望むってことは、早く誰かに死んでくれって言ってるようなもの」

「そんなこと……」

「だけど、それでもわたしは少しでも長生きしたいって思っちゃうの。罪深い人間だよね。時々、ものすごく自分が浅ましく思えて、消えてしまいたくなる」

「罪深いなんて……そんなはずないじゃない。尊い命のバトンを受け継ぐんだと教わったわ」

補助人工心臓の取り扱いのトレーニングを受けた時、看護師が臓器移植全般に関して色々と教えてくれた。心停止後と脳死後の違いという基本的なことや、海外に比べて日本ではなかなか移植が進まないという現実などだ。

「亜希子ちゃんのお父さまも提供なさったと聞いてるわ。命のバトンを渡したのよ。それが回りまわって、亜希子ちゃんに届くと思えばいいの」

亜希子と英雄の父は脳幹出血で亡くなり、生前からの意思によってドナーになったと聞いている。親族には優先提供できるので、心臓を亜希子に移植できれば良かったのだが、残念ながら適合しなかったそうだ。ちなみに親族優先提供ができるのは配偶者間か親子間に限られており、亜希子と英雄のようなきょうだい間では認められない。

「バトンが届くのを待つことは、決して悪いことじゃないよ。そんな風に考えなくていいから。ね？」

亜希子は、力なくうなずいた。きっとこのような自問を、一日に何度もしているのだろう。

まじめで、心優しい子なのだ。だから思い詰めてしまう。

やるせない気持ちで、わたしは病室を後にした。

病院を出ると、もう夕方だというのに脳が沸騰《ふっとう》しそうなほどの猛暑だった。これでは体がやられてしまう。駅までの道のりでは、額に冷却シートを貼った男性や、保冷剤を入れるポケットのついたタオルを首に巻いている女性もちらほら目にした。これだけ暑くては、おしゃれも二の次ということか。実際、わたしも手持ちがあれば迷わず額でも首でも腋《わき》の下にでも、貼るなり巻くなりするだろう。

　電車の中では冷房に生き返るようだった。送風口の真下に立ち、体を芯までキンキンに冷やしてから自宅の最寄り駅で降りる。寒いほど冷えたはずの体は、外に出ると一瞬でゆだり、体中から汗が噴き出してきた。

　最寄り駅からは、登り坂だ。勾配《こうばい》も少々急で、木もほとんど植わっていないから日陰もなく、こんな日はかなり辛い。ぎらぎらと燃える夕日に立ち向かうようにしてやっと坂を登り切ると、自宅の門を開ける。体がだるく、玄関の鍵を開ける指に力が入らない。ドアにもたれて体重をかけて開け、やっと家に帰った。

　リビングへ入るとすぐにクーラーをつけ、汗を拭く。頭が痛い。胃も痛い。精神的なものだろうか。いくら部屋を冷やしても汗が引かないので、冷蔵庫を開けて頭を突っ込んだ。夕食の食材を見繕っているんだ、と自分に言い訳をする。ミンチと玉子が目についたので、ハンバーグでも作ろうかとぼんやりと思い――そのまま目の前が真っ暗になった。


　目を開けると、ベッドに寝かされていた。

　天井がぐるぐる回る。手だけが妙に温かくて、なんだろうと思うと誰かに握られていた。英雄だった。傍らで、心配そうにのぞき込んでいる。

「絵里ちゃん？　気がついた？　ああ、よかった。びっくりしたよ、帰ってきたら倒れてるんだもん」

英雄が帰宅したとき、開けっ放しの冷蔵庫の前に、わたしがひっくり返っていたらしい。割れた玉子が散乱し、ミンチのパックは転がり、一瞬、誰かに襲われでもしたのかとパニックになったそうだ。

「あ、ごめん、お夕飯の準備——」

起き上がろうとすると、押し戻される。

「何言ってんの。そんなこと気にしなくていいから。ちゃんと休んでて」

「だけど、もう大丈夫」

「ダメだよ。ほら」

英雄がベッド脇を指さす。銀色のスタンドから点滴《てんてき》がぶら下がり、チューブが自分の手につながっていた。

「自宅に、こんなのがあったのね。ちっとも気がつかなかった」

「亜希子が使う時もあるから」

「ああ、そっか」

「脱水症状を起こしてた。あと栄養もちょっと補給しといた方がいいと思って」

「ありがとう。色々ごめんね」

「いいっていいって。気にしないで」

英雄が優しい微笑みを浮かべる。わたしはふたたび素直にベッドに横たわった。いずれにしても、体は言うことをききそうになかった。

「この暑さだもんな。なのに建物や電車の中はクーラーが効きすぎだし。そりゃあ体も壊すよ。ただの夏バテだとは思うんだけど。倒れる前の症状、覚えてる？」

「うーん……頭が痛かったのを覚えてる。あと胃がきりきり痛くて」

「この辺？」

英雄が布団の中に手を入れ、腹部を押さえる。

「うん。そういえば、もうちょっと下も痛かったかも」

「押さえると痛い？」

ぐっと数本の指先が食い込んでくる。

「ううん、特には」

「ここは？　ここは？」

指の位置をずらしながら、英雄が確かめていく。そのたびにわたしは、少し痛いとか、張る感じがする、など答えた。腹部を一通り触診《しょくしん》すると、英雄は血圧計を取り出し、わたしの上腕《じょうわん》に太いベルトのようなものを巻き始めた。

「絵里ちゃん、便通はどんな感じ？」

「――え？」

「ちゃんと毎日出てる？　それとも数日に一回？」

「あ……数日に一回、かな」

「便秘気味なんだね」

　血圧を測りながら、英雄は神妙にうなずいた。

「便の状態はどんな感じ？　バナナ形？　コロコロした感じ？　ゆるめ？」

　そんなことまで聞く？　と思いながらも、とりあえず答えておく。

「うーん……どっちかというと、かため、なのかなあ」

「色は？　血が混じってたらさすがに気がつくだろうけど、逆に黒っぽかったりしない？」

「普通……だと思うけど」

「スルッと出る？　それとも頑張らないと出ない感じ？　においは？　気になるような異臭とかはない？」

　さすがに答えづらく黙り込んでいると、やっとわたしの戸惑いに気がついたように英雄が頭を掻いた。

「ごめん……こういうの、奥さんに根掘り葉掘り聞くものじゃないのかな」

「まあね」

わたしは苦笑を返した。

「だって心配で。胃腸から出血してないかとか、気になるじゃない。奥さんだからこそ、さ」

「だからって、さすがにそういうことは言いにくいわ」

「僕と提携してる病院へ行って、診《み》てもらう？」

「いいわよ、そんな。多分、ただ疲れがたまってただけだから」

「でも……」

「あなた、プロじゃないの。深刻かそうじゃないか、それこそわかるわけでしょ？」

「そうだけどさ」

そこで急に、英雄が声を詰まらせた。

「絵里ちゃんに何かあったらって思うと……」

いきなり英雄の目が潤んだので、わたしはぎょっとした。

「ごめん」英雄が洟《はな》をすする。「倒れてる絵里ちゃんを見て、頭が真っ白になった。せっかく一緒になれたのに、本当にどうしようって。医者の僕がこれじゃあ、ダメだよな」

恥ずかしげに目じりをぬぐう英雄を見て、わたしは唐突《とうとつ》に理解した。

この人、心からわたしを愛しているんだ。

英雄にとってこの結婚は、打算が半分だと思っていた。亜希子の見舞い。退院後の介助。社会的信用。そして自分の身の回りの世話。もちろん、それでいいと思っていた。とりあえず結婚さえしてくれれば。

けれどもどうやら、英雄は本気でわたしのことを愛しているらしい。

「そうだ、お腹すかない？　食べられるなら、何か口から食べたほうがいいよ。おかゆは？　絵里ちゃんほど上手じゃないけど作ろうか」

「あ、うん。おかゆなら食べられそう」

「待ってて。すぐ作ってくるから」

英雄が階下へ降りていった。しばらくすると、トントントントン……と包丁の音が聞こえてくる。誰かが台所に立ってくれるなんて、いったい何年ぶりだろう？　自分のために立てられる包丁の音は、こんなにも心を穏やかにするものだったのか。

ぼんやり横たわっていると、英雄が湯気の立った茶碗を盆にのせて戻ってきた。

英雄はわたしをゆっくり起き上がらせると、丁寧に背中に枕をあてた。

おかゆにはねぎと千切《ちぎ》った梅干しが散らされ、玉子でとじてあった。れんげですくって、ひとさじ口に含む。

「どう？」

「おいしい。おだしもきちんとしてる。塩味もちょうどいいわ。玉子もふわとろ」

「本当かなあ？　いいのに、気を遣わなくったって」

そう言いながらも、英雄は嬉しそうだった。

食べたあとはうつらうつらして、いつの間にか眠っていた。真夜中にふと目をさますと、まだ英雄は起きて、椅子に座ってついてくれていた。自分も一日中働いてきて疲れているはずなのに。わたしと目が合うと、ふっと優しい目で微笑む。

「お茶でも飲む？」

「ううん、いい」

「足がちょっと冷えてるね」

布団の足元から、両手でゆっくりとさすってくれる。大きな手につま先を包まれ、わたしはまたうとうととまぶたが重くなった。

ああ、気持ちがいい。

なんだか安心する——

眠りかけて、ハッとする。

わたし、いったい何を考えてるの？

夫を殺した人に優しくされて、そしてそれを心地いいだなんて。

体力が弱ってるから？　気持ちも弱ってるから？

だからって。

だからって、こんなのひどい。

忠時への裏切りだ――

「どうしたの？」

「ううん、なんでもない。もうあなたも寝て。足をさするのも、もういいから」

「だけどこれくらい――」

「平気だってば」

わざと少しきつめに言うと、わたしは頭まで布団をかぶった。足元から、するすると英雄の手が離れる。気配で英雄が椅子から立ち上がり、隣に横たわったのがわかった。

自分の気持ちに戸惑い、苛立ち、腹立たしく思いながら、わたしはぎりぎりと唇を噛んだ。

かすかな光を感じて目を開けると、カーテンの隙間から朝陽が差し込んでいた。ゆっくりと体を起こしてみる。頭は痛くも重くもないし、ふらつきもない。空腹も感じる。すっかり体調は戻ったようだ。

時計を見ると、十一時過ぎだった。とうに英雄は出かけただろう。とりあえず何か胃に入れようとベッドから出て、階段を降りていく。

階下から、ことと、と物音がした。わたしは思わず、足を止める。続いて、ごそごそと何かを探るような音。

——誰かがいる。

体が緊張し、心臓が跳ね上がる。英雄が戸締りを忘れたのだろうか。どうしよう、と焦っていると、今度は話し声が聞こえてきた。

「うん、うん……そうだね、血圧がそれくらい落ち着いていれば上出来。明日には必ず伺うからって伝えておいて。じゃあよろしく」

英雄の声だ。階段を降りてリビングを覗くと、ちょうど耳からスマートフォンを離して終話ボタンを押した英雄と目が合った。

「絵里ちゃん、おはよう」

「何……してるの？」

英雄が微笑む。

「え？」

「仕事は？」

「ああ、休みをもらったよ。だって絵里ちゃんが倒れたっていうのに、心配で家を空けられないじゃないか」

「そんな……」

「大丈夫、もう一人の非常勤の先生に入ってもらったから」

「だけど、あなたじゃないと嫌だって言う患者さんもいるでしょう？」

「そういう方たちには、ちゃんと直接電話をした。事情を話したらわかってくださったよ。逆に、奥さんのそばについていてあげてって強く言われちゃった。家に病人がいることの大変さや、健康のありがたみを人一倍わかっている人たちばかりだからね」

「でも、わたしなら本当にもう大丈夫よ」

「いいんだって」

英雄は安心させるように、明るく笑った。

「絵里ちゃん、こういう時くらいわがままになりなよ。いつも色んなことを我慢してくれてるんだから」

在宅医療を受けている患者の中には、終末期医療の人も少なくない。結婚したばかりの頃は土日に休みを取っていた英雄だが、すぐに祝日だろうが真夜中だろうが緊急の呼び出しに応じるようになり、ほとんど休みらしい休みなどなくなっていた。英雄は気にしていたようだったが、わたしにしてみれば留守の方が都合が良かったし、顔を見なくて済む時間が長い方が良かったので「あなたは必要とされているんだもの。いつでも行ってあげて」と毎回にこにこと送り出していた。そんなわたしが、英雄には我慢しているように見えていたのだろうか。

「お腹すいたでしょ？　とりあえず座ってゆっくりしなよ」

英雄がトーストと目玉焼きを用意してくれる。食べていると、英雄が隣に座り、わたしの頭を撫でた。

「ああ、やっぱり少し、たんこぶができてるね」

「やだ、そう？」

わたしも後頭部を探る。

「うん。だけど小さいよ。ラッキーだったのは、絵里ちゃんは後ろ向きに倒れたみたいなんだけど、ちょうどキッチンマットが敷いてあった場所だったんだよね。しかも、うちのは低反発の、分厚いやつだろ？　そうでなかったら、もっともっと大きなたんこぶができてるだろうし、頭蓋骨骨折や脳のダメージだってありえたよ」

「危なかったのね。だけどたんこぶができてるから、大丈夫なのよね。脳内では出血してない証拠なんでしょ？」

「あ、それ都市伝説だから」英雄がまじめな顔になる。「そもそも、たんこぶって何か知ってる？　そのぷっくりしたものの中は何だと思う？」

「何って……うーん、考えたこともなかったけど」

「その中は、血なんだよ」

「え、そうなの？」

「頭部は体と違って筋肉や脂肪が少ないだろう？　体の場合は毛細血管《もうさいけっかん》から出血したら広がってあざになるわけだけど、頭部だと行き場がない。だから皮膚を押し上げて、こぶ状になるんだ。たんこぶを医学的に言うと皮下血腫《ひかけっしゅ》」

「血のかたまりってことね」

「そう。血腫ができるほどの衝撃があったのなら、頭蓋骨内にだって損傷が起きている可能性はもちろんある。だからたんこぶができていたら安心、っていうのは大きな誤解なんだよ。たんこぶができていないに越したことはない」

「そうだったのね」

「やっぱり念のため、ＣＴ撮っておく？」

「いいってば」

「まあ一晩様子を見てたけど嘔吐《おうと》もなかったし、大丈夫だとは思ってるんだけど。たんこぶも硬いしね」

「硬さも関係あるの？」

「うん。ぶよぶよしたたんこぶは皮下血腫ではなくて、ボウジョウケンマクカケッシュというんだ」

「ボウジョウ……何？」

「帽状腱膜下血腫《ぼうじょうけんまくかけっしゅ》。帽状腱膜っていうのは頭皮と頭蓋骨の間にある線維状組織のことで――」

そこまで言い、英雄は途中でやめた。

「ごめん、またやっちゃった。つまんないよな、こんな話」

「ううん、続けて。興味深いわ」

「ほんとに？」

「ええ」

そう答えつつ、自分でも意外に感じた。なぜだか、英雄の話をもっと聞いてみたいと思っている自分がいる。これまではうっとうしいと思いながら聞き流していたのに。

「うわ、なんか張り切っちゃうな。えーっとね」

途端に嬉しそうな顔をし、続ける。

「帽状腱膜は、頭蓋骨を帽子みたいに包んでいるから、そういう名前なんだ。で、ぶよぶよしたたんこぶは、その腱膜の下、つまり、皮下よりさらに頭蓋骨に近いところで出血が起こって、血が吸収されずに溜まっている状態。だから硬いたんこぶよりも心配だってこと」

「たんこぶにも種類があるなんて知らなかったわ」

「まあ、普通は知らないよね」

英雄がくすくす笑う。

「でも、たんこぶのことは知っておくに越したことはないかも。これから子供が生まれたら、転んだり高いところから落ちたり、日常茶飯事《さはんじ》になるだろうから」

さらりと繰り出された英雄の言葉に、どきっとする。

「どうしたの？」

「ううん……なんでも」

この人は、わたしとの未来を描いている――

屈託《くったく》のない英雄の笑顔を見つめていると、胸が締めつけられるような感覚に襲われた。

なに、これ？　罪悪感？

どうしてそんなものを感じるの？

健康な男女が婚姻関係にあり、夫婦生活があれば、当然その先に期待する未来だ。だけどわたしは避妊ピルを飲んでいるし、彼の子供を産むつもりなどあるはずもない。

英雄は知らない。

わたしが彼を憎んでいること。

未来なんて、最初から築く気などないこと。

陥れてやることしか頭にないこと――

「どうして子供が転びやすいか知ってる？　大きくなるにつれて八頭身に近づいていくけど、赤ちゃんは四頭身とかでしょう？　重心が上にあってバランスが悪いから、どうしても頭から転びやすいわけ。だから歩き始めたら、目を離せないよなぁ」

まるでそこに我が子がいるかのように、目を細める。

「そういう視点で我が家を見ると、危険がいっぱいだね。コーヒーテーブルはガラスで、角が尖ってるし。ローキャビネットもやばいね。ああ、フローリングはカーペット敷きにした方がいいな。あとは――」

この人は、こんなに温かみのある声をしていたのか。

こんなにやさしい表情をする人だったのか。

わたしは相槌《あいづち》を打つことも忘れて、ただ茫然と、英雄が話し続けるのを聞いていた。

「……絵里ちゃん、どうしたの？　目玉焼き、残してるけど。具合悪い？」

呼びかけられて我に返ると、英雄が心配そうにわたしの顔を覗き込んでいた。

「あ、ううん、大丈夫よ」

わたしは目玉焼きを、急いでたいらげる。

「無理しなくていいよ。横になる?」

「本当に平気」

両頬が英雄の両手で包み込まれ、引き寄せられる。キスでもされるのかと思ったら、おでこにおでこをくっつけてきた。

「うーん……発熱はしてないか」

鼓動《こどう》が速くなる。この人と、何度も何度も体を重ねているのに。それなのに、どうしてドキドキするの。

「熱なんてないから」

慌てて顔を引き離す。英雄の手が名残《なご》り惜しそうに頬を撫で、そして離れた。

「本当に大丈夫かい?」

「ええ」

「普通の生活、できそう?」

「できるわ。これを食べたら、洗濯して掃除機をかける。お昼ご飯も作るから」

「いいって、いいって。家事なんてしなくていいよ。そういう意味で言ったんじゃなくて、元気なんだったら、一緒に出掛けようと思って」

「出掛ける？　どこに？」

「いや、別にどこでも。映画とか」

「映画？　どうして」

「どうしてって……デートに理由がいる？」

英雄が無邪気な目で、わたしを見つめた。

「デート？」

「そう、デート。一緒に暮らし始めてからは、逆に全然出掛けなくなっちゃっただろ？　久しぶりに、どこか行こうよ。それで、美味しいものでも食べて帰ろう」

「でも……だったら、あなた仕事へ行った方がいいんじゃない？」

「何を言ってんの」英雄が口を尖らせる。「平日に休めるなんてめったにないんだから、休めるときに休んでおかないと。映画館もレストランもすいてるよ、きっと。平日の休みを享受する権利はあるって」

「……わかった。じゃあ着替えてくる」

「やったね！　後片付けは僕がやっておくから、ゆっくり準備してきて。あー楽しみだな。今って映画、どんなのやってるのかなあ。調べておくね」

うきうきと食器をシンクに運び始めた英雄を横目に、わたしは立ち上がり二階の部屋へ行った。

ドレッサーの前に座り、化粧下地とファウンデーションでしっかりと肌を作る。眉を整え、アイラインをきりっと引き、口紅を塗った。アイシャドーとチークも軽くのせる。

それから鏡の前で、服をとっかえひっかえ合わせてみる。麻のマキシワンピースはどうだろう。いや、クリームイエローのサンドレスの方が顔うつりはいいだろうか。それとも紺色のカシュクール？　あれなら鎖骨《さこつ》のラインがきれいに見えるし、全体が引き締まる。花柄のフレアスカートを合わせれば――

クローゼットを引っ掻きまわしていた手を、ふと止める。

どうして英雄のためにおしゃれをしようと思っているんだろう。それになんなのだ、この気合の入ったメイクは。

わたしはクローゼットのドアを閉め、箪笥《たんす》の中から普段着のTシャツを取り出した。ロゴも何もない白いTシャツを頭からかぶると、着古したジーパンをはく。そしてまたドレッサーに座り、クレンジングシートでメイクを落とした。すっぴんに戻してから、一階へ降りる。

「絵里ちゃん、アカデミー賞最有力候補っていう触れ込みの映画があるよ。それにする？」

スマートフォンをいじっている英雄は、わたしのあげたポロシャツに着替えていた。結婚前の誕生日にプレゼントした一流ブランドのシャツ。先行投資のつもりで、かなり張り込んだ。いつもは全く服装に構わない彼がこれを着るのは、このデートをとても楽しみにしているということだ。

「わたしはいいけど、あなたはそういう映画、好みじゃないでしょ」

「だって、せっかく久しぶりにデートに行くのにさ。それに結婚前は、絵里ちゃんにずいぶん地味な映画に付き合ってもらったから。退屈だっただろうにね」

「やだ、気づいてたの？」

「だっていつもあくびしてたじゃん」

英雄がくすくす笑った。

英雄はわたしのよれよれの格好を気にする風でもなく、「じゃあ行こうか」と機嫌よく玄関へと向かった。


容赦なく照りつける日射しの中、大通りに出てタクシーを拾い、映画館に向かう。映画館は、電車で三駅先の、大型ショッピングセンターに併設されている。歩けるから電車で行こうと言ったが、「今日も猛暑だよ。また気分が悪くなったら大変だから」と英雄は譲らなかった。

タクシーの後部座席に並んで座ると、ごく自然に英雄が手をつないできた。妙にどぎまぎし、とうに慣れたはずの沈黙もやたらと気になった。

「ねえ」

何を話すかも決めず、とにかく沈黙を破りたくて声をかけてしまう。窓の外を眺めていた英雄が、「ん?」とこちらを向いた。急いで話題を探す。

「そういえば英雄さんは、どうして車を運転しないの?」

「え? どうしてって……絵里ちゃん、車が欲しいの?」

「ううん。ただ、不便じゃないのかなあって。昔は乗り回してたって亜希子ちゃんが言ってたし。訪問診療先へも車で行った方が楽なのに、自転車や徒歩でしょ。坂がきついところもあるのに。都会なら車より電車や自転車の方が利便性が良いだろうけど、ここは郊外だし」

「ハンドルを握っていると神経を使うだろ? 診療以外で消耗したくないからね」

「ああ、そうなの」

そんな会話をしているうちに、目的地までついた。

タクシーから降りて映画館まで歩いているときも、英雄はずっとわたしと手をつないでいた。座席に座ったら座ったで、アームレストに置いたわたしの腕に、自分の腕をごく自然に絡《から》ませてくる。映画が始まると、要所要所で何やら耳打ちしてきたが、全く耳に入らなかった。もちろん映画の内容もほとんど頭に入らず、ただスクリーンを眺めるだけだ。

「なかなか面白かったね。たまにはハリウッド映画もいいな」

やはり手をつないで映画館を出ながら、英雄が言った。

アクションは派手だったものの、目新しさは感じなかった。それでもハリウッドスターが主演する大作映画は全て面白いはずだ、という単純な発想を持つ英雄は楽しめたようだ。

「絵里ちゃんはどう思った？」

「わたしは……そうねえ」特に覚えていない。焦りつつ、どんな映画にも当てはまるようなことを言う。「悪役だった人が、かっこよかったかな」

「ああ、良い味出してた。渋かったよな」

見当はずれではなかったらしいことにホッとする。それからも英雄は延々と感想を述べ続けた。

「絵里ちゃん、お腹すかない？　今ならギリギリでランチタイムにすべりこめるよ」

「そうね、何か食べましょう」

空腹ではなかったが、すかさず返事する。まさかレストランではテーブル越しに手をつないできたりしないだろう。

モールを出たところにあった洒落たイタリアンレストランに入る。向かい合わせに座ると、やっと手が自由になった。

「ワインといきたいところだけど、昨日の今日だから、我慢ね。ノンアルコールのカクテルでいいかな？」

「ええ。なんでも適当に注文して。お料理も任せる」

「了解」

パスタやピザ、肉料理が大皿でやってくる。取り分けたり、汚れた皿を替えるなど、英雄はいそいそと世話を焼いてくれた。久しぶりに出かけるのが、嬉しくて仕方がないようだった。

「このあとどうする？　行きたいところない？」

デザートを食べながら、英雄が聞く。

「もう充分。疲れちゃったし、帰りましょう」

「え、疲れた？　大丈夫？」

途端に、不安げな顔になる。

「大丈夫だって。やあねえ、そんなに心配しないで」

「わかった。無理しちゃダメだからね。しんどかったらすぐに言うんだよ？」

わたしの言動で、彼は一喜一憂《いっきいちゆう》する。くるくると表情を変える。自分の存在が常に誰かの中心にあることは、なんて嬉しいことだろう。

「絵里ちゃん、生クリームついてるよ」

「嘘、どこ？」

「ここ」

英雄がナプキンで、唇の端をぬぐってくれる。まるで子供に戻ったような安心感があった。

「あ、英雄さんもチョコレートついてる」

「え、どこに」

「顎のところ」

手を伸ばしてナプキンで拭いてやると、英雄が照れたように笑った。

こんな風に他の男と過ごしているなんて忠時に申し訳ない、という気持ちが湧きおこった。しかしすぐに、そんな自分に違和感を覚える。

これまで英雄と何度デートしようと、親密な時間を過ごそうと、忠時に対して申し訳なさなど感じたことはなかった。それは常に、絶対的に、忠時のために行っていたから。間接的に、忠時に尽くしているという自信があったから。

けれども今は、うしろめたい気持ちでいっぱいだ。それはきっと、今日一日がとても楽しいから。英雄との外出を、満喫《まんきつ》しているから。

――いけない。

楽しんでしまっていた自分を、心の中で戒《いまし》める。

目的を忘れてはいけない。

何のためにここにいるかを忘れてはいけない……。

「やっぱり元気がないな」

急に笑顔を消したわたしに、英雄が心配そうに眉を曇らせる。

「すぐに帰ろう。お会計してくるから、座って待ってて」

英雄が立ち上がり、テーブルを離れた。

この期《ご》に及んでも、英雄が心配してくれることを嬉しいと思ってしまう。そんな自分に自己嫌悪を感じながら、わたしは力なく椅子にもたれていた。

レストランを出て、タクシーを拾おうと路地を進む。やはり英雄が手をつなごうとしてきたとき、背後で急ブレーキの音に続いて轟音《ごうおん》が響いた。振り返ると、大型バイクが電柱に衝突し、ライダーらしき男性が投げ出されている。ヘルメットをかぶった男性は動かず、道路に血がじわじわと広がっていく。事故だ！　と誰かが悲鳴をあげた。
バイクの男性――まるで忠時が血を流して倒れているかのように錯覚し、呆然と立ち尽くしているわたしの隣から、英雄が猛然と駆け出していった。男性の傍らにしゃがみ込み、なかなか脱げないヘルメットを外そうとしながら、「誰か、すぐに救急車を呼んで！」と叫ぶ。集まっていた人だかりの何人かが、我に返ったように携帯を手にした。

「電話する人は一名だけにして！　赤いTシャツの人！　あなたがかけて」

英雄に指名された赤いTシャツの女性が、あたふたと通報する。「もしもし？　あの、バイク事故です。男性の意識がないみたいで、血が――」

「症状の説明は後！　最初にここの場所を伝えて！　すぐに出動してもらえるから！」

指示しながらも、てきぱきと英雄は男性の瞳孔《どうこう》を確認したり、胸に耳を当てたりしている。上腕部《じょうわんぶ》から出血していることを突き止めると、心臓より高い位置に腕を置き、自分のポロシャツを脱いで傷を圧迫した。

「誰か、ここを押さえてて！　血液には触れないように、ポリ袋でもなんでもいいから手にはめて！」

コンビニの袋を持っていた若い男が、商品を投げ捨てるように袋から出し、急いで英雄の指示に従う。彼に体重をかけて圧迫するように言うと、ランニングシャツ一枚となった英雄は男性の胸の上に両手を重ね、規則正しく押し始めた。

何度か押すと、今度は男性の鼻をつまんで口を開け、自分の口で覆う。大きく息が吹き込まれ、男性の胸が膨らんだ。それからまた心臓マッサージに戻る。

「頼む、がんばってくれ」

汗だくになりながら心臓を押し、またマウストゥーマウスを行う。何度か繰り返すうち、突然、男性が咳き込んだ。

「蘇生《そせい》した！」

いつの間にか大きくなった人だかりから、わあっと歓声が上がる。英雄はホッとしたように汗をぬぐい、止血に協力してくれていた若者を解放して自分で圧迫を始めた。

「お名前と生年月日、言えますか？」

男性が苦しそうな声で答えると、英雄は「意識ははっきりしていますね。すぐ救急車も来ます。もう大丈夫だからね」と励ました。

やっと救急車が到着し、救急隊員がストレッチャーを運んでくる。と、隊員たちが「あ、久保河内《くぼかわち》先生」と驚いた顔をした。

「よかった。君たちなら心強い。三十五歳、男性。バイク事故による全身打撲《だぼく》、一時心肺停止状態からＣＰＲにより蘇生、自発呼吸あり。右上腕部外側に縫合《ほうごう》可能な挫滅創《ざめつそう》。第一病院に電話して、受け入れ可能か聞いてみて」

「わかりました」

一人が携帯電話で連絡を取り始め、残りの隊員が男性をストレッチャーに乗せる。

「先生、緊急のオペが入って、手が空いてないそうです。受け入れは難しいと言われました」

「ちょっと貸して」

英雄は電話を取ると、早口でまくしたてた。

「久保河内です。ベッドは空いてるんですか？　足りないのは医師だけ？　じゃあ僕が処置します。いや、オペ室は必要ないです。……ありがとう、ではよろしく。あ、念のため輸血の準備もお願いします」

電話を切ると、ストレッチャーごと救急車に乗せられている男性と共に英雄も乗り込んだ。バックドアが閉まり、サイレンを鳴らして救急車が走り去っていく。一部始終を見守っていたやじ馬たちは、それぞれ安堵《あんど》した顔で散っていった。

誰もいなくなっても、わたしだけはその場に立ち尽くしていた。

あんなにひたむきな英雄を、初めて見た。

必死で命に向き合う彼の目には、わたしなど少しも映っていなかった。ただあの男性を救うことしか、彼の頭にはなかった。夫である前に、医師であることに誠実な人だ。

そんな英雄の真摯《しんし》な姿勢を、尊いと心から思った。

そしてきっとこれまでも、英雄はこんな風に大勢の人を救ってきたのだろう。まさにヒーローだ。

バイクの男性は忠時の姿に重なり、まるで英雄が忠時を救ってくれたかのように思えた。実際、忠時が落下した時、英雄が懸命に救命しようとしていたことが目撃されている。

わたしの胸に、初めて疑問が湧いた。

そんな人が、人を殺したりできるだろうか――

一人で帰宅してシャワーを浴び、ソファでぼんやりしていると、英雄が帰って来た。

「絵里ちゃん？　ごめんな、置き去りにしちゃって」

こわごわと、顔色を窺うようにリビングに入ってきた。救急車に乗り込んだ時は血のついたランニングシャツだったが、今は普通のワイシャツを着ている。病院のロッカーに置いていた着替えだろう。

「せっかく一緒に出掛けてたのに、本当に悪かった。あの時はもう必死で、後先見えなくなっちゃって」

「何を言ってるの、怒るはずないじゃない。あなたは人を救ったのよ？　あの人、あれから大丈夫だった？」

わたしの応対に、英雄がホッとした表情を見せる。

「大丈夫だった。かなり出血はしてたけど、動脈じゃなかったし。出血のわりに傷も浅くて縫合できたしね。ＣＴも異状なし、骨折もなかった」

「よかったわね」

「うん……あとさ、ポロシャツ、ダメにしちゃってごめん。せっかくプレゼントしてくれたのに」

「そんなこと気にしてないわ。役に立ったんだからいいじゃない」

「僕、服装には構わない方だけど、すごく気に入ってたんだ。絵里ちゃんが僕のために選んでくれたっていうのがすごく嬉しくて。それなのに――」

「服なんて、また買えばいいんだから。むしろ大事なものを、他人のために躊躇《ちゅうちょ》なく犠牲にできる人の方がいい。あなたがそういう人でよかったって思ってるのよ」

「そう言ってもらえると……」

「疲れたでしょう？　お茶でもいれるわ」

キッチンへ向かおうとすると、急に後ろから抱きしめられた。

「最後にもう一つ、絵里ちゃんに謝ることがある」

英雄がわたしの髪に顔をうずめる。

「子供……」

「え？」

「今朝、僕が子供のこと話してただろ？　でもそれからずっと、絵里ちゃん、なんとなく元気がないみたいだった。僕だけ先走っちゃって、すまなかった」

「やだ、ちょっと待ってよ」

「絵里ちゃんからしたら、亜希子が退院すれば家の中はさらに大変になるし、それどころじゃないよな。ちょっと考えればわかることなのに、すごく無神経だった。ごめん。もう子供が欲しいなんて言わないから」

「ちょっと待ってってば。そうじゃない、違うの」

言ってから、自分で驚く。

違う？

違うってどういうこと？

「わたし……わたしは……」

英雄の手をそっとほどいて、正面に向き合った。

ずっと夢だった。一度は失ってしまった子をもう一度授《さず》かって、この腕に抱けることが。そしてその夢想の中、隣で笑っているのは忠時だった。ずっとずっと、その三人を思い描いてきた。

だけど今、わたしの頭の中で、赤ん坊のそばで微笑んでいるのは――

そう。わたしは想像し始めてしまっていたのだ。英雄との、子供のいる生活を。

そんなこと、許されるはずがないのに。

「……そうね、子供のことは、とてもじゃないけど、まだ考えられないわ」

違う、という言葉に続く前向きなことを期待していたのか、英雄は少しがっかりしたような顔をした。しかしすぐに、「うん、絵里ちゃんのタイミングで考えてくれたらいいから」と微笑む。

「お茶なら僕がいれるから。絵里ちゃんは座ってて」

「だけど」

「いいから。奥さまを一人で置き去りにしちゃった罰」

「わかった。お願いするわ」

わたしは素直にソファに座り、キッチンで湯を沸かしたり茶葉を用意したりする英雄を眺める。

「そうだ、パントリーにバウムクーヘンがあるの。マドレーヌも残ってたはず。食べない？」

「バウムクーヘンにマドレーヌ？　いいね、どっちも大好物」

英雄がパントリーの扉を開け、「わあ」と声をあげる。

「リーフパイにクッキーもあるじゃん。何これ、めちゃくちゃ充実してる」

「患者さんから戴《いただ》いたものよ。あなたが持って帰って来たじゃない。ちょっと前になるけど」

「えー、そうだっけ？　でもどうしてしまい込んでるの。さては絵里ちゃん、独り占めする気だったな」

「やあねえ、忘れてただけよ。人聞きの悪い」

「太るぞー、絵里ちゃん、太るぞー」

英雄がぷうっと頬を膨らませたので、思わず吹き出した。

「んもう、だから独り占めなんてしないってば」

「まあ、絵里ちゃんが太ったって好きだけどさ」

個包装になったバウムクーヘンやマドレーヌをテーブルに並べながら言う。英雄は照れ屋のくせに、こういうことを平気で口にできる人だ。

「こういうラインナップなら、緑茶より紅茶の方がいいよね」

英雄がいそいそとティーポットとカップを用意した。わざとらしく小指を立てた状態でスプーンを持ち、紅茶缶からポットに茶葉を入れ、やはり小指を立てて湯を注ぐ。

「それなあに、気取ってるわけ？」

「いいえ、いつも通りでございますが」

わざと澄まし顔で、しかも声をワントーン低くして答える英雄がおかしくて、大笑いした。

「あー、笑ってる。失礼だなあ、英国紳士っぽくしてたつもりなのに」

「英国紳士って小指立てるの？　絶対違うと思う。イメージ的にはもっとこう、ピシッと背筋が伸びてて、腕は、ほら、ゆったりと体から離して――」

「わー、こぼれるこぼれる」

大騒ぎしながら、二人がかりで紅茶をいれる。やっと落ち着いて座り、カップに口をつけた時は、顔を見合わせてふふ、と微笑んだ。

「マドレーヌ、おいしいわね」

「うん。バウムクーヘンもいける」

こうして向かい合って、温かい紅茶をすすり、甘いお菓子を頬張る。こんなにリラックスしたのは久しぶりだ。

なんだかくすぐったい。くすぐったくて、甘やかな気持ちに胸が満たされる。

もう認めないわけにはいかなかった。

ああ。

わたし。

この人に、惹かれ始めている――

8

雨音で、目覚ましが鳴る前に起きてしまった。

しばらくそのまま屋根や窓ガラスに打ち付ける音を聞く。隣から聞こえる英雄の寝息と相まって、心が穏やかになっていく。

英雄の方に顔を向けた。無防備な寝顔。このまま殺してしまいたいという衝動に何度も駆り立てられたその寝顔に、今はただ愛しさがこみあげる。ゆうべ初めて、英雄に抱かれることを苦痛に感じなかった。

薄く開いた彼の唇に吸い寄せられるように顔を近づけ、唇が触れそうになる寸前でふと止まった。

わたし、何を考えてるの。

この人を愛しちゃダメ。

惹かれてはいけない――

慌てて顔を離し、長いため息をつく。そうっとベッドから出ようとしたとき、

「雨か。猛暑続きだったからありがたいな」と英雄が眠たげな声で呟いた。

「……起きてたの？」

「うん」

「いつから」

「少し前。目を開けようと思ったけど、絵里ちゃんがキスしてくれそうな気配がしたから、寝たふりしてた」

「やだ、もう」

「なんでしてくれなかったの？」

「恥ずかしくなったから」

「えー、夫婦なのにぃ」


英雄が不満げに唇を尖らせる。

「お腹すいたよね。ご飯を用意するわ」


体を起こすと、腕を取られてもうちょっとこうしていようよ」

「目覚ましが鳴るまで、もうちょっとこうしていようよ」


背後から、両腕を回される。うなじに、甘えるように鼻をすりつけてきた。しば

らくそのままじっとして、雨の音に耳を澄ませる。彼の鼓動を背中越しに感じていると、このまま溶け合ってしまいたいと思うほど心地よかった。

そんなわたしを叱咤《しった》するかのように、時計のアラームが鳴る。わたしは今度こそ彼から体を引きはがし、目覚まし時計を止めた。

「さあ、起きなくちゃ」

「絵里ちゃんは寝てなよ。朝飯は、適当に自分でトーストでも焼く。病み上がりなんだから頑張らないで」

「頑張ってないったら」

名残り惜しそうに伸ばされる彼の手を軽く払い、わたしは部屋から出た。

キッチンへ降りて、いつものように玉子を焼き、みそ汁を作り、魚を焼く。知らない間に鼻歌を歌っていることに気づいて、愕然とする。これまでは良い妻だと思ってもらうための打算的な料理だったが、今は違う。楽しいのだ。嬉しいのだ。英雄のために料理をすることが。

そんな自分の心の変化に戸惑っているうちに、みそ汁が噴きこぼれ、魚が焦げてしまった。ああもう、と自分にイラつきながらコンロを拭く。

「なんかすごい焦げ臭いんだけど、大丈夫？」

着替えを済ませた英雄が、キッチンへ入ってくる。

「あ……ごめんなさい、お魚焦がしちゃって。今焼き直すから」

「え、いいよいいよ、せっかく作ってくれたのに」

英雄がグリル網の上から、ひょいと箸で魚をつまみ、皿へのせた。

「うわお、見事に焦げてんなあ」

「だから新しいのを――」

「何言ってんの。これぞ家庭の味。全然オッケーだよ」

「じゃあせめて、あまり焦げてない方を食べて」

「やだ。真っ黒いのを食べたい」

英雄は焦げた方の魚を自分の席に、ましな方をわたしの席に置いた。それからさっさと二人分のご飯とみそ汁をよそう。

「さ、絵里ちゃん、食べようよ」

食卓につき、にこっと笑う。わたしが向かいに座ると、「いただきまーす」と一足先に食べ始めた。

「おおー、めちゃくちゃ苦い」

魚を一口食べた英雄が、にやにやする。

「だから言ったじゃないの。やっぱり焼き直すわ」

「いや、絵里ちゃんでも失敗することってあるんだと思って、おかしくてさ。だっていつも、隙のない完璧な料理ばっかだったから」

「……そう？」

「うん。これくらいでちょうどいい」

顔を見合わせて、くすっと笑った。

いつもと同じような朝なのに、なんだかすべてが違って見える。輝いているような気すらする。

半分ほど食べたところで、インターホンが鳴った。英雄と同時に、壁に据え付けられたモニターに目をやる。傘をさした女性が映っていた。

「宅配じゃなさそうね。出ない方がいいかも。きっと何かの勧誘《かんゆう》よ」

「絵里ちゃん、ここから見えるの？　すごいね。男？　女？」

英雄は眼鏡の奥の目を細めたり、まばたきしたり、懸命に目を凝らしている。

「女性よ。眼鏡をかけてるのに見えないの？」

「見えない。モニターちっちゃいし。あれ、でも絵里ちゃんも視力悪いんだよね」

「わたし？　昔から両目とも１・５よ」

「え？　だけど免許証には要眼鏡ってなってるじゃん」

ぎくりとした。そうだ。佐藤絵里の免許証には、確かそう記載されていた。

「あ……そうなのよね。免許取った時、たまたま疲れ目で」

「1・5なのに、そんなに劇的に見えなくなったの？　それに、元に戻るものなの？」

「うん、本当にたまたま。不思議よね、人間の体って」

医者相手にこんな戯言《たわごと》が通用するだろうかと焦っていると、助け船とばかり、またインターホンが鳴った。わたしは立ち上がって、モニターに近づく。

きれいな女性だった。ベージュのレインコートにひっつめ髪という地味な出で立《い　た》ちだが、肌が白く目が大きくて、とても整った顔をしている。こんなに美人なら、宗教の勧誘でも化粧品のセールスでも、ふらふらと家に入れてしまう人は多いかもしれない。

「あれ、横山《よこやま》さんだ」

いつの間にか英雄が背後からモニターを覗き込んでいた。

「え、知り合いなの？」こんなきれいな人と？　と言いかけて、あわてて呑み込む。

「うん、訪問診療のコーディネーターさん。時々一緒に回ってる」

英雄は通話ボタンを押した。

「横山さん？　どうしました」

『よかった、先生、いらしたんですね。今日の往診スケジュールが急遽《きゅうきょ》変更になって。朝一番が新田《にった》さんになりました。何度かお電話したんですけどつながらなかったので、伺わせていただきました』

「え、嘘」

言いながら、英雄は胸ポケットからスマートフォンを出す。

「ごめんなさい、電源切れてました。すぐ出ますね。雨の中、本当にすみません」

英雄はすぐに往診鞄をつかみ、玄関へ急ぐ。

「時々って、どれくらい？」

「え、なにが？」

靴を履いていた英雄が、一瞬手を止めてきょとんとする。

「週に何回くらい、横山さんと一緒になるの？」

「え、何回くらいだろう。二、三回ってとこかなあ。なんで？」

「お昼も一緒に食べたりするの？」

「へ？」

英雄が目をぱちくりする。

「もしかして……絵里ちゃん、妬《や》いてる？」

「え？」そんな自覚などなかったわたしは、驚いた。「違うわよ。ただ単に、気になっただけ」

「だからそういうのを妬いてるって言うんだって」

「そうじゃないってば」

「あーなんかすっごい嬉しい」

「もう、違うって言ってるのに。さっさと出てあげたら？　待たせてるじゃない」

「はいはい。雨だから、見送りはここでいいよ。じゃあ行ってきます」

英雄は軽くわたしの頬に口づけると、笑いながら出て行った。一人取り残されると、さっきまで穏やかに感じていた雨音が急に寂しい音色《ねいろ》となって胸に迫ってくる。

何時に帰ってくるのか聞くのを忘れたと思いながらダイニングに戻った。再び食卓につくと、英雄の残していった茶碗や皿が目に入った。玉子焼きとみそ汁は完食しているが、ご飯と焼き魚が半分ほど残っている。わたしはそれらを引き寄せ、食べ始めた。

魚の焦げているところを取り除くが、やはり苦い。こんなのを我慢して食べてくれていたなんて。くすくす笑いながら食べ終え、食器を洗った。

それから掃除機を徹底的にかけ、風呂場のカビ取りをし、洗面所を磨いた。キッチンの床を拭き、シンクもピカピカにし、まな板やマグカップの漂白《ひょうはく》消毒までする。普段はゆきとどかないテレビ裏やコンセント回りの埃も丁寧に取ったところで、シャワーを浴びた。充実した気分だった。

湯上がりにクーラーを入れ、テレビをつけ、ゆったりとソファに座った。髪を乾かしながらバラエティショーを見て、お笑い芸人のリアクションに大笑いする。

笑いながら気がついた。

忠時が死んでから、心から笑ったことなどなかった。それなのに、今日は面白いことを素直に楽しんでいる。

これまでバラエティショーやワイドショーにチャンネルを合わせておくことはカムフラージュでしかなかったのに。それに、今日は家の探索さえしていない。徹底的に掃除をして悦《えつ》に入《い》っていた——まるで幸せな主婦のように。

幸せ？

わたし、幸せなの？

何を考えてるの。幸せなんて実感してる場合じゃないでしょう。

そもそも英雄に惹かれてはいけないのだ。それなのにわたしはさっき、意識せずに彼が箸をつけたものを食べていた。誰かが箸をつけたものを食べるなんて、愛情がなければ絶対にできないことだ。

英雄を好きになるなんて、許されない。忠時への裏切りだ。

ああ、だけど……だけど。

あんなにやさしくて誠実な英雄が忠時を殺したとは、今は思えなくなっていた。証拠だって結局出てこない。そもそも優秀な日本の警察が、調べた末に彼を無罪放免にした。最初から、彼には何の罪もないのだ。

英雄を犯人だと思い込んで非難し、恨み、憎むことで、わたしは忠時を失った辛さをやわらげたかったのかもしれない。そうしなければ、生きられなかったのだ。英雄みたいな人が、命を奪えるはずがない。それは推測でなく、すでに確信に変わっていた。

あれは事故だった。

殺人なんかじゃなかったのだ。

――自分勝手な女だな。

しかしわたしの罪悪感が、忠時の声となって頭に響く。

――惚れたから、もう真実はどうでもいいのか？　佐藤絵里の人生まで奪っておいて、これが結論？

「違う。彼は最初から無実。それが真実なの」

――本当に彼のことを信用してる？

「ええ、信じてるわ、心から。本当よ」

スマートフォンが鳴り、我に返る。亜希子からのメールが届いていた。あさって退院できることになった、と書いてある。

「まあ、すぐに行ってあげなくっちゃ」

自分の罪悪感を振り払うようにあえて大きな声でひとりごちると、わたしは雨の中を出かけて行った。


病室へ入ると、亜希子が嬉しそうな顔で待っていた。すでに段ボール数箱分の荷造りができている。

「やだ、亜希子ちゃん、わたしがやるから休んでてよ」

「大丈夫。久しぶりにおうちに戻れるから嬉しくって。それに、これからはできることは何でも自分でしなくちゃ」

「ああ、確かにそうね。ある程度は動く方がいいのよね」

「そうだよ。と言いつつ、お料理は全面的に絵里さんに任せるつもり。ほら、女性って他人に台所へ入られるのイヤだって言うじゃない？　自分のテリトリーっていうか」

「わたしは全然イヤじゃないわよ。そもそもは亜希子ちゃんのおうちなんだし。お料理したいなら大歓迎」

「いやいや、そこはケジメをつけないと」

「なーんて言って、本当はお料理が苦手なんでしょ」

「えへ、ばれたか」

そんな会話をしながら、荷物を片付けていく。容態《ようだい》が落ち着いてくれて、本当に良かったと思った。

入院が長引くと荷物は増える。タオルや下着類、羽織りもの、プラスチックのマグカップや小皿、ナイフ、まな板、本や雑誌など、次から次へと棚から出てくる。処分するものはまとめ、ビニール紐《ひも》で縛る。意外と重労働だ。休憩を取ろうと思ったところに、スタッフが亜希子の昼食を運んでくる。

「ちょうどいいわ。お昼にしましょう。わたしもお弁当買ってきたの」

「はーい」

さすがに疲れたのか、亜希子は素直にベッドに戻る。食べ始める亜希子の隣で、わたしも弁当を広げた。

「退院は嬉しいけど、ちょっぴり寂しくもあるんだよね」

亜希子が野菜の煮びたしを食べながら言う。

「同年代の子たちとは仲良しになってるしさ。リハビリの先生たちも好きだし。あ、あとITクラスを取れなくなるのも残念」

「ITクラス？　病院で？」

「うん。知らなかった?」

「全然。何をするの」

「プログラミングとか。工学部の学生がボランティアで教えに来てくれるの。結構本格的なゲームを作ったりするんだよ」

「でも人工心臓とか医療機器には、そういうのって影響があるんじゃないの」

「問題なしだよ。ペースメーカーつけてる子でも、クラス取ってるし」

「そうだったのね。だけど亜希子ちゃんとITの組み合わせって意外。亜希子ちゃんて、いつも手芸ばっかりしてるんだと思ってた」

「手芸も好きだけど、それだけじゃ入院中の時間をもてあましちゃう。ウェブやスマホのアプリも、いくつも作ったんだから」

「かっこいい趣味ねえ」

「趣味じゃないよ。手に職だよ」

「あ……」

「在宅でも働きたいから」

「そうだよね、ごめん」

浅はかだった。亜希子は亜希子なりに、自活しようとしているのに。

わたしの失言にもかかわらず、亜希子はにこやかに続ける。

「けっこうみんな、上達早いよ。集中して、何時間でもやってるから。作品が完成すると楽しいし、やっぱ達成感があるよね。グループでロボット制御のプログラミングもしたよ。ボランティアの須藤《すどう》さんっていう人がとっても良い人でね、熱心に教えてくれるんだ」

「その人、男性？」

　心なしか、その名を口にする亜希子の瞳がきらきらして見えた。

「そうだよ」

「もしかして……好きなの？」

　亜希子の顔が、一瞬で赤くなる。

「もう、絵里さんたら。お兄ちゃんには内緒だからね」

「付き合ってるの？」

「院内カフェで何度かお茶しただけ」

　ますます真っ赤になる亜希子を微笑ましく思うと同時に、彼女にもちゃんと青春があることが嬉しかった。

「じゃあ退院して落ち着いたら、うちにご招待したら？　わたし、ごちそう作っておもてなしする」

「ホントに？　嬉しい！」

亜希子の顔が輝く。

「となると、これを持ってきてよかったわ」

わたしは食べ終えた弁当のパックをしまい、バッグからカタログを何冊か取り出した。

「あ、インテリアと雑貨！」

「亜希子ちゃんの部屋、殺風景だから可愛い家具でも揃えたらいいんじゃないかって前から思ってたの。彼をお招きするんだったらなおさらね」

「いやーん、ありがとう。お兄ちゃんは、こういうところ気づいてくれないから」

「亜希子ちゃんはカタログ見てゆっくりしてて。わたし、荷造りの続きをやるから」

「はーい。お言葉に甘えまーす」

嬉しそうにカタログを開く亜希子の脇で、わたしは棚から荷物を出していく。手芸用の布や綿《わた》などがごっそりあった。

「あら？」

その奥から、ノートパソコンが出てくる。

「これ、亜希子ちゃんの？」

「ああそれ、お兄ちゃんの。突然持ってきたんだ。いつだったかなあ……そうそう、逮捕される前だ。あーあ、あの時期は大変だったなあ。イヤなこと思い出しちゃった」

心臓がはねる。それは、家宅捜索されることを見越して持ってきたということではないのか――

頭が真っ白になっているわたしをよそに、亜希子が続けた。

「邪魔だから預かっといてって。その時はわたし、事件のことも知らなかったし、まさかお兄ちゃんが逮捕されるなんて思ってないから『はいはい』って感じで、手芸に夢中でろくに顔も見なくてさ。その後逮捕のことを聞いて、二度と会えなかったらどうしようって、もう号泣。一緒の時間を大切にしておくんだったって後悔したよ」

コンパクトなノートパソコンが邪魔なはずはない。屈託のない亜希子は事件とこのパソコンをつなげて考えていないようだが、わたしにはここに隠しに来たとしか思えなかった。

「あれから何度か入退院したけど、ずっと入院グッズの箱に入れっぱなしだったんだね。お兄ちゃんも使わないから忘れてたんじゃない？」

亜希子にとって逮捕のことはすでに過去なのだろう、すぐに話題はこのカーテンがお洒落だ、ラグとお揃いにしたい、など他愛《たあい》ないことに移った。

だけど彼女の言葉はわたしの耳を素通りしていく。英雄が預けたというノートパソコンのことが、頭から離れない。警察が見つけられなかった証拠。それがこの中にあるのではないか。

ああ。どうして今になって――

「これ……洗濯物と一緒に持って帰っておくね。退院当日はバタバタしてるから、壊れやすいものは今日のうちにね」

さりげない風を装って、ノートパソコンをキャリーバッグに入れる。キャリーバッグは前回着替えを持ってきた時に置いて帰ったものだ。

「ありがとう。ごめんね、重くなっちゃうけど」

「いいのよ」

わたしはせいいっぱいの笑顔を作る。

「ほんと、毎回思うよ。絵里さんがお兄ちゃんと結婚してくれてよかったって。絵里さん、これからもお兄ちゃんをよろしくね」

心から嬉しそうに亜希子が言った。

雨の中、キャリーバッグを引きずって駅まで歩く。早くパソコンを確認したいような、したくないような、そんな気持ちで揺れていた。バッグを引く手が重たく感じる。

「絵里ちゃん！」

改札のところで声をかけられ、びくっとして立ち止まった。英雄が立っている。

「偶然だね。もしかして亜希子の所へ行ってくれてたの？」

「ええ。退院が決まったって連絡が来たから」

「雨なのに、悪かったね」

「英雄さんは？」

「診療へ行く途中」

「そう……」

「どうかしたの？」

「え？」

「なんとなく元気がない。亜希子のせいで、無理させちゃったかな」

「ううん、平気よ。帰ったら休むし、大丈夫」

「五時過ぎには帰れると思う」

「わかったわ」

「今日、お昼は一人で食べたからね」

片目をつぶって笑うと、英雄は傘を広げ、雨の中を去って行った。意味がわからないままぼんやりとその背を見送り、やっと今朝わたしが気にしていたことだと気がつく。無邪気にやきもちを妬いたことなど、とても遠いことのように感じた。

家へ着いた途端、どっと疲れが押し寄せてきた。

雨で濡れたキャリーバッグを拭き、荷物を取り出し、亜希子の部屋へ運ぶべきものは運び、洗濯すべきものを洗濯機に入れた。

けれど、つい考えては作業の手が止まってしまう。決心して、キャリーバッグからノートパソコンを取り出した。電源コードをつないでスイッチを入れる。起《た》ちあがるにつれて、心臓の鼓動がどんどん速くなった。深呼吸して、言い聞かせる。

こんなの、ただの型落ちのコンピュータだ。

要らないから亜希子の病室へ持っていったにすぎない。

深い意味はない。何も見つかるはずがない。

それに、どのみちパスワードがわからないし……。

モニターに、パソコンメーカーのロゴが出る。その後にパスワードの入力を促されると思っていたが、すぐにデスクトップ画面に移った。

ごくりと唾を呑む。

ゴミ箱やドキュメントフォルダのアイコンしかない、ごくシンプルなデスクトップ。ドキュメントフォルダをダブルクリックしてみると、サブフォルダが表示された。

　サブフォルダの名前は数字だけで、001から順に整然と並んでいる。試しに001を開き、その中にあるファイルを開いてみた。びっしりと英語が打ち込まれている。論文か何かなのだろうか。他のファイルも同様だった。

　なんだ。ただの仕事用のコンピュータじゃない。

　安心感から、思わず苦笑してしまう。まったく、わたしったら。本当にどうかしている。

　さあ、夕食の支度をしなくちゃ。せっかくお風呂場もぴかぴかにしたし、暑いけれど今夜はお湯を張って、ゆっくり疲れが取れるようにしてあげよう。そうだ、ミントオイルを使えばいい。お湯に垂らせば涼しげな香りがするし、体を拭いた後にスーッとするのだ。

　そんなことを気楽に考えながら、惰性《だせい》でファイルをクリックして開いていく。あといくつか見たらシャットダウンしようと思いつつ、何気なく次のファイルをクリックした時だった。これまでの文章だけのものとは打って変わって、フルカラーの心臓の画像が出てきた。

「人工心臓における未来」と銘打たれ、画像の下にはこれから開発予定の人工心臓は従来のものと違って半永久的に使用できること、ついては出資者を募ると書いてあった。

これは忠時が作成したパンフレットと同じではないか。どうして英雄がデータを持っているのだろう。

次のファイルをクリックする。同じ書類だが、新しい人工心臓の構造の図が加わり、詳細な説明文が載っていた。

これ……英雄さんが書いたの？

なぜ専門知識も持たない忠時が詳細な資料を作成できたのか、これまでずっと不思議だった。が、英雄が書いたのだとすれば納得がいく。

しかしなぜ英雄が？　忠時を手伝っていたのだろうか？　いや……英雄は、資料が専門的かつ正確な知識に裏付けされていたものだったからこそ完全に信用し、詐欺だと疑わなかったと言っていた。だとしたら、やはり資料は忠時が自分で作り上げたものでなければ辻褄は合わない。

しかも同フォルダ内にあるファイルを日付順に開いていくと、どんどん説明文が増えて専門的になっていく。まるで英雄が何日にもわたって、文言を書き足しては推敲《すいこう》し、その都度保存してきたように見える。いったいなぜ――

突然ハッとする。

英雄は共犯だったのではないか。だから積極的に手伝っていたのかもしれない。そこまで考えて、いや……と否定する。そんなことがあるはずがない。英雄にとって、忠時と手を組んで犯罪に手を染める理由などないのだ。

だけど、だったらなぜ？

なぜ英雄が資料を？

これほどまでの説明文や画像、図を用意したとあれば、手伝っていたというよりむしろ、英雄が作り上げたようなものだ。これではまるで、共犯というよりも主犯

――

「ただいまー」

玄関のドアが開いた。わたしは慌ててノートパソコンを閉じる。どこへ隠そうかとおろおろし、素早くテレビ台の下に滑り込ませた。

「おかえりなさい。早かったのね。五時過ぎになるって言ってなかった？」

「できるだけ急いで帰ってきたんだ。さっき絵里ちゃん、顔色悪かったような気がしたから心配で」

「大丈夫よ。優しいのね」

わたしは頬に彼の唇を受ける。

そう、彼は優しい。

いつも通りの英雄だ。

それなのに、背筋が震え、全身が総毛立《そうけだ》った。

9

翌日も雨は降り続いていた。

気温はそれほど高くないものの、一日中むっとするような湿気と熱気が家の内外に満ちている。クーラーをつけっぱなしにしていても、廊下や洗面所に出るたびに不快な空気がまとわりついた。

朝に英雄が仕事に出かけてから、わたしはずっとキッチンに立っていた。ひたすら野菜や果物を切ったり、三杯酢や自家製のドレッシング、焼肉のたれを作ったりして気を紛らわせる。

包丁を握っていても、何かを混ぜていても、ずっとテレビ台の下に隠したノートパソコンの存在が気になっていた。英雄に見つからないよう目視《もくし》できない場所に隠してあるというのに、どうしてもその周辺を意識してしまう。

何度もパソコンを取り出して全てのファイルを確認したい衝動に駆られながらも、決定的な何かを見つけてしまうのが恐ろしかった。これまでは必死で英雄が忠時を殺した証拠を探していたのに、今となっては何も見つかってほしくないと願っている。昨日目にしたものも、ただ単にわたしの見間違いだと思い込もうとしていた。

自分勝手だ。わかっている。だけど、それが今の正直な気持ちだった。

疑惑の種がふたたび植え付けられ、それは時間がたつにつれて根を広げ、芽を出し、どんどん大きくなる。それなのに英雄への愛おしさは消えない。彼が出勤する時には寂しく思い、こうしている今でも早く帰ってきてほしいと願っている。顔を見ていたい、手をつなぎたい、抱きしめてほしい……膨らみ続ける疑惑で心がはちきれそうになりながらも、同じくらい英雄に焦がれている。疑惑と愛との間で、心が引き裂かれそうだった。

わたしはいつの間に、この人をこれほど深く愛してしまったのだろう。

抱えきれないほどの疑惑を両腕に持て余しながら、わたしはすべてに目をつぶり、彼からのくちづけを受ける。

もしも。

もしも英雄が忠時を殺していたとしても。

きっと、こんなわたしの方が、罪深い――

玄関のドアが開閉する音がし、我に返った。

「ただいま……うわ、すごいね」

キッチンを覗き込んだ英雄が、食卓にずらりと並んだ容器に目を丸くする。

「お帰りなさい。あら、シャツが濡れてるわ。まだそんなに降ってるの？」

「風が強くてね。それにしても……」

英雄は食卓の上に顔を近づけ、様々な形の容器をためつすがめつしている。

「野菜にフルーツに……なんなの、これ。まさか、全部今日の晩飯？」

「そんなはずないでしょ。作り置きよ。野菜スティックのピクルス、フルーツ酢、ジャム、ねぎだれ、オリーブオイルのドレッシング、にんにく醬油……」

わたしは保存用ガラス瓶やタッパーウェアを指さしていく。

「ずいぶん豊富だねえ。へえ、フルーツ酢にはオレンジやキウイ、ブルーベリーが入ってるんだね。カラフルできれいで、飾りものみたいだ」

「飾って楽しんでもいいの。海外では、季節ごとに作って、並べて、食べて、また次の季節のフルーツで作って並べて……って、一年中楽しむ人も多いんだって。だからわたしも、飾ろうと思って」

「だけど、こんなに暑いんじゃ、飾ってるうちに腐るんじゃない？」

「夏場は確かにね。でも冷蔵庫に入れちゃうと氷砂糖が溶けないの。だから溶けきるまでは楽しむつもり」

「ふうん。キッチンが華やかになりそうだね。だけど尋常《じんじょう》じゃない数だ。二、四、六……ざっと三十個はあるんじゃない？」

「ごめんなさい」

「どうして謝るの。驚いただけだよ。ご苦労さま」

英雄がにっこり笑う。やはり顔を見れば嬉しい。疑惑も怯《おび》えも、好きだという気持ちには及ばない。

「シャワー浴びてくるね」

「あがったらすぐ晩ご飯食べられる？」

「食べる。お腹ぺこぺこ。今日は何？」

「ステーキ」

「やっぱ絵里ちゃんって最高」

英雄は片目をつぶり、洗面所へ消えていった。

肉は焼けばいいだけだし、つけあわせのマッシュポテトや茹《ゆ》で野菜もできている。とりあえずは先に、食卓を片付けなければならないだろう。

食卓に並んでいる、というより埋め尽くしているガラス瓶やタッパーウェアをあらためて眺め、まるでわたしの尋常ではない精神状態が具現化《ぐげんか》されているようだと思った。野菜スティックや色とりどりのフルーツのジャム、ドレッシング、たれ……ひとつひとつを見れば普通だが、こうして同じところに集められれば混沌《こんとん》として見える。

きれいなもの。真っ黒なもの。透き通ったもの。どろどろに濁ったもの。甘いもの。酸っぱいもの。辛《から》いもの——これらは、わたしの感情の瓶詰めなのかもしれない。

ドレッシングやたれを冷蔵庫にしまい、カラフルなフルーツ酢のガラス瓶をキッチンカウンターに並べる。しかし収まりきらず、とりあえず食器棚の中にスペースを空けて移動させる。床にも置かなければ置き切れない。調味料などをストックしているワゴンをできるだけ端に寄せ、空いた床にガラス瓶を並べていった。

「痛っ!」

瓶を床に置いた時に手の甲が何かに触れ、鋭い痛みが走った。見ると、血が出ている。

「絵里ちゃん? 何かあった?」

シャワーを浴びて部屋着に着替えた英雄が入って来た。血を見て目を丸くする。

「え、何? 包丁で切ったの?」

「ううん、包丁じゃないんだけど……わかんない。突然、こうなって」

「ちょっと待ってて」

英雄は洗面所から消毒液とコットンを持ってくると、丁寧に消毒してくれた。

「よかった、傷は全然大したことないよ。早く治るおまじない」

絆創膏《ばんそうこう》を貼り、英雄がわたしの手の甲にくちづけようとした。なぜだか反射的に手を引っ込めてしまい、自分で驚く。英雄も戸惑った表情をしたので、わたしは取り繕うようにガラス瓶に視線をやった。

「瓶が欠けてたのかしら」

「僕が見るよ」

英雄が瓶をひっくり返したり、電気にすかしたりして、ひとつひとつ確認していく。

「ああ」英雄が何かを見つけたのか、納得した声を漏らした。「こんなものが落ちてたよ」

英雄が立ち上がった。手のひらには、小さいが鋭い白いかけらをのせている。

「なあに、これ」

「皿の破片だよ。前に、絵里ちゃんが割った」

「あ……」

いびつな三角形をしたかけら。

「ボーンチャイナの」

「あの時、徹底的に掃除したつもりだったんだけどな。ごめんね、絵里ちゃん」

「英雄さんのせいじゃないわよ」

「念のため、掃除機をかけておくよ」

「食事前だからやめましょう。埃がたつわ」

「わかった。じゃあ食べた後、僕がかけるから」

「ありがとう。すぐお肉を焼くわね」

さっと両面を焼き、さっそく作ったにんにく醤油をかけて仕上げる。野菜スティックのピクルスも前菜として出した。英雄はうまいうまい、と大喜びでたいらげていく。

「それにしても、気をつけなくちゃいけないね。完璧に処理したと思っても、こうして思いがけない時に、思いがけないところから破片が出てきて、怪我《けが》をしたりする」

「そうね」

「足で踏まなくてよかったよ」

「やめてよ、想像したらすごく痛いわ」

「確かに」

ステーキを頬張りながら顔を見合わせて、ふふ、と笑う。愛情の伝わってくる温かな視線。いつも通りのわたしたち。やはりこれでいいのかもしれない。このままで。

もう何も気にしなければいい。

このまま、英雄とともに生きていけばいい。

忠時のことは事故で、たまたま数奇《すうき》な縁でわたしと英雄は出会い、結婚することになった。ただそれだけだ。わたしの過去も、英雄の過去も関係ない。

このまま英雄と暮らして、いつか子供も産んで、普通の幸せな家庭を築いていくべきだ。

あのノートパソコンは、もう見ないことにしよう。

封印するのだ。この生活を壊したくない。

明日亜希子が退院したら、本人から英雄に返してもらおう。いや……今すぐ言ってしまえばいいのだ。さりげなく、「あなたのノートパソコンを預かってきたわよ」と。会話の流れが不自然にならないようにと、まずわたしは亜希子のことを話題にする。

「亜希子ちゃんが戻ってくる前に破片が見つかってよかったわ。怪我をさせたら大変だもの。感染症とか、人一倍気をつけなくちゃいけないんでしょ？」

「ああ、確かにそうだね」

「他に気をつけるべきことってある？　階段の手すりとかドアノブとか、亜希子ちゃんが触る時に消毒できるように、アルコールスプレーをあちこちに置いておくつもりで用意してるんだけど」

「それで充分だよ。亜希子のために、色々とありがとう」

「本当の妹みたいに思ってるの。帰ってきてくれるのが楽しみ。落ち着いたら、退院祝いのお食事会をしましょう。亜希子ちゃん、招待したい人がいるんだって。わたし、ごちそう作るって約束したのよ」

「招待したい人？　初耳だよ。まさか、男？」

急に前のめりになった英雄がおかしくて、わたしは笑う。

「亜希子ちゃんだって、お年頃よ」

「あいつ、絵里ちゃんには、そういう話をするわけ？」

「ガールズトークだもん」

「うわー、なんかずるーい」

「退院したら、いろんなことをしたいんだって。可愛い家具をそろえたり、ああ、あと写真館で写真を撮ったことがないから、思い切りおしゃれして撮影したいって言ってたわ」

「そっか……。そういうこと、僕には全然話さない。やっぱ男女って違うんだな」

「そういえばわたしたち、ほとんど写真なんて撮ってないわね。写真館はもちろんだけど、スナップも」

「ああ確かにね。もし絵里ちゃんが撮りたいなら、亜希子が行くときに僕たちも撮ってもいいよ。結婚記念の写真とか」

「ううん、いい」

　忠時と撮ったウェディング写真を思い出し、わたしは首を横に振る。

「そういえば亜希子ちゃんに昔の写真を見せてもらったけど、あなたって結構、派手だったのね」

「え？」

「ほら、病室に飾ってた写真」

「ああ、あれ」

　笑うのかと思ったら、思いがけず暗い表情になった。

「馬鹿だったからね。勉強もしないでチャラチャラして。最低な人間だったから」

「そんなことないでしょう。今はこうして立派になってるじゃない。あの頃の写真、もっとないの？」

「ないと思う。もともと写真が好きじゃないんだ。撮られるのも、撮るのも。風景とかも興味ないし。しかしあいつ、まだあんな写真持ってたんだな」

「入院中は寂しいもの。色んなものを手元に置いておきたくなるんじゃない？　だから荷物が結構多くて、荷造りがなかなか大変だったわよ」

「何から何まで悪いね。荷物もあるし退院には立ち合おうと思ってたんだけど、どうしても仕事で」

「そんなつもりで言ったんじゃないわ。昨日、持って帰れるだけ持って帰ってきたし、どうせタクシーを使うから大丈夫よ」

「ありがとう、絵里ちゃん。本当に助かるよ。あ、そういえばさ」

言いかけたものの少し逡巡《しゅんじゅん》するようなそぶりを見せ、それからごくさりげなくといった口調で続けた。

「その荷物の中に、ノートパソコンがなかったかなあ」

ドキッとする。もともと自分から問うつもりだったのに、垣間見《かいまみ》えた逡巡が気になり、思わず答えに詰まった。

「預かってもらってたんだ。どこかにあるはずなんだけど」

「わたしが持って帰った荷物の中には、なかったと思うけど」

とっさに嘘をついてしまう。

「だけどノートパソコンなんて、どうして亜希子ちゃんに預けたりするの」

「いや……ああ、そうそう、預けたんじゃなくて、見舞いに行ったときに忘れてきたんだった」

　ごまかしている。やはりあのパソコンには何かあるのだろうか。

「あら忘れてきちゃったの？　返してもらわないで、よく困らなかったわね」

「滅多に使ってないパソコンだったから」

「へえ……趣味用とか？」

「そうだね、そんな程度」

「あなたって無趣味だと思ってた。パソコンでどういうことをするの？」

「え」英雄が口をもごもごさせる。「いや……写真の編集とか」

「さっき、写真には興味がないって言ってなかった？」

　英雄が言葉に詰まった。

「……絵里ちゃん、どうしてそんなに色々と突っ込んでくるの？」

「やだ、そんなつもりないけど。ただあなたのことを、もっと知りたいだけよ」

「どうして？　僕たちは夫婦で、一緒に暮らしてるんだよ。これ以上、いったい何を知りたいわけ」

　珍しく、英雄が気色《けしき》ばむ。

「深い意味で言ったわけじゃないわ。なんとなく、あなたが謎めいている感じがするだけよ」

「謎なんてないよ。僕は見たままの、この通りの男だ」

「どうしたのよ、いったい。何を気にしてるの？」

「君こそ、何を気にしてるの？」

絵里ちゃん、ではなく、急に「君」になっている。

「何も気にしてないったら。本当よ。そんなにむきにならないで」

英雄はハッとしたような表情をし、「ごめん……」とうつむいた。

「あなたらしくないわ」

「……ちょっと今日は疲れてるのかも」

「もう横になったら？」

「そうだね。その前に掃除機だけかけておくよ」

「わたしがやっておくから」

「いいよ、すぐすむし」

英雄は掃除機を出して手早く破片が落ちていた辺りにかけると、

「おやすみ」

と二階に上がっていった。

いつも穏やかで優しい英雄の、別の面を見た気がした。声を荒《あら》らげたわけでも、暴力を振るわれたわけでもないが、暗く深い怒りのようなものを感じた。

この人はこんな面も持っていたのか。急に英雄を見知らぬ人のように感じる。それにノートパソコンのことをごまかすのは、やはり不自然だ。

そっと寝室へ行き、ベッドに近寄る。本当に疲れていたのか、英雄はすでに軽いいびきをかいて眠っていた。

再びリビングに戻り、決心してテレビ台の下からノートパソコンを引きずり出した。続きの和室に移動し、ふすまを閉める。座卓にパソコンを置いて起動し、念のため、雑誌を開いてノートパソコンを隠すように立てておいた。

昨日はファイルを開いて確認するだけで精いっぱいだったが、フリーメールのアカウントのパスワードも登録されていれば、自動的に受信トレイも見られるはずだ。あとはブックマーク、履歴なども確認してみよう。

何から見るべきか迷ったが、とりあえず昨日の続きから見ていくことにした。やはり同じように人工心臓に関するパンフレットのデータが続く。いくつかのフォルダを経て、「写真」と銘打たれたフォルダをクリックすると、ずらりと画像のサムネイルが表示され――わたしは凍り付いた。

たくさんのわたしが写っていた。佐藤絵里ではない、川崎咲花子《かわさきさきこ》であった頃のわたしが。

震える指で次々クリックしていく。忠時と一緒に写っているもの、一人でいるもの。明らかに隠し撮りされたものばかりだ。

――どうして？

頭がくらくらした。

パソコン内の残りのファイル全てがわたしの画像であることを確認した後、メールソフトを開いてみる。パスワードは登録されており、簡単に受信トレイを開くことができた。フリーメールで、わたしの知っているメールアドレスではない。

そのアカウントにはメールは十件程度しか届いていなかったが、一覧表示された件名を見て、またわたしは目を見開いた。

件名は全て、「川崎咲花子氏の件」となっている。送信済みトレイで英雄が送ったメールを読んで推測するに、わたしの行方を調査会社に依頼して捜しているようだ。わたしが川崎咲花子としての人生を捨てて姿を消してから数か月に一度、調査報告のメールが届いている。それにはわたしがマンションに戻った形跡がないこと、マンションの住民や近隣の店などに聞いたところ目撃情報はないこと、クレジットカードやキャッシュカードの利用履歴もないことなどが記され、毎回「依然として生存不明」と締めくくられていた。

どうしてわたしのことを調べていたの？

いや、最新の調査報告が届いているのは二週間前だ。他のパソコンかスマートフォンで確認しているのか、開封済みになっている。ということは、現在進行形で捜している。

いったいなぜ？

「――絵里ちゃん？　何してるの？」

いつの間にかふすまが開けられ、英雄が立っていた。慌ててノートパソコンを閉じ、立てかけていた雑誌をかぶせる。見られただろうか？

「ちょっとゆっくり雑誌を読みたくて。どうしたの、眠れないの？」

心臓がドキドキしていたが、できるだけ普通の声を出す。

「ちょっと寝たんだけど、喉が渇いちゃって」

「そう」

「さっきは悪かったね。疲れて、ピリピリしちゃってたんだ」

「ううん、そんなことといいの」

英雄がわたしの背後に膝をつき、背中から手を回して抱きしめてきた。

「絵里ちゃんに嫌われたら、生きていけないよ」

いつもの穏やかな英雄に戻っている。この様子だと、きっとノートパソコンのことも気づかれていない。ホッとする。

「嫌いになるはずないでしょ。わたしから押しかけて結婚してもらったのに」

英雄が懐かしそうに、くすっと笑った。

「そうだったね。突然絵里ちゃんが現れた時はびっくりしたなあ」

「あなたに会いたくて必死だったもん」

「ずっと気にかけてくれてたんだもんね」

「そうよ。支援する会に参加した時から」

「そのことなんだけどさあ、絵里ちゃん」

英雄の声が、密着した背中を通して内臓に共鳴する。

「本当に、支援する会に参加してくれてた？」

「——え？　当たり前じゃない、どうしてそんなことを聞くの？」

「会長がね、君のこと知らないって言うから」

また「君」だ。急に距離を感じる。

「会長って？」

「支援する会の会長だよ」

「ああ……前にも言ったけど、わたしは最後の方に、ちょっと参加しただけだから。人数、多かったでしょう？　会長さんはいちいち覚えてないんじゃない？」

「だけど、名簿に載ってないっていうんだ」

「……名簿？」そんなものを作っていたのか。「うーん、書かなかったかも。本当に少しの期間だったから」

「会長によると、それはあり得ないらしい」

「え……どうして？」

「たった一日の参加でも、必ずボランティア保険に入ってもらってたんだって。だから当然、名簿にも控えてあるはずなんだ」

　ぴったりとくっついた背中は温かいのに、そこからじわじわと鳥肌が広がっていく。

「あの……わたし匿名《とくめい》で参加したの」

「会長はね、以前活動中にボランティアさんに怪我をさせてしまったことがあって、それ以来、必ず保険加入を義務付けて匿名での参加を認めなかったそうだよ。だとしたら、絵里ちゃんはいったいどうやって参加したんだろう？」

「どうしてそんなに突っ込むの？」

　わたしが言うと、英雄が沈黙した。少しして、ふっと軽い笑いが耳をかすめる。

「そうだよね。どうでもいいことだ。いったいどうしたんだろうね、今夜の僕たちは」

　英雄が体を離し、わたしの隣に座った。

「この間ね、会長から久しぶりに電話があったんだ。遅ればせながら結婚の報告をして、その時に君のこと聞いたら知らないって言われたから、単純に不思議に思っただけ。まあきっと、実際にはいくらでも匿名で参加できる方法があったんだろうね」

「ええ、そうなの。ビラ配りの輪に勝手に加わっちゃったりね」

わたしは笑ってみせる。けれどもぎこちなさは隠せない。英雄はぎこちなさに気がつかなかったかのように——いや、または気づかないふりをしたのか——、大きく伸びをしながら立ち上がった。

「さあ、お茶を飲んだら、また寝ようかな。君はまだ読むの？」

「うん。もう少し」

「わかった。じゃあお先に。……ナハト」

「え、なあに？」

「グーテナハト」

いぶかしげな表情をするわたしを、英雄は試すように見つめている。

「ドイツ語だよ」

わたしは小さく息を呑んだ。

「あ……そうなのね。わたしが住んでたのはずいぶん昔だし、難しい単語なんて覚えてないから」

「そう？　〝おやすみ〟っていう挨拶でも忘れちゃうものなんだね」

ふすまが閉じられた。冷蔵庫が開け閉めされる音、お茶を注ぐ音、コップをシンクに置く音、そして階段を上がっていく音――

一気に緊張がとけ、わたしはノートパソコンの上につっぷす。

パソコンがここにあること。わたしが見ていたこと。気づかれてしまっただろうか――いや、それよりももっと重要なこと。

わたしの写真、わたしに関する報告書、そしてさっきの会話。

もしかしたら英雄は、わたしの正体を知っているのかもしれない――


一睡もできないまま、朝を迎えた。

激しかった雨が徐々にやわらぎ、止《や》むまでの過程をずっと寝室の窓辺で眺めていた。数日ぶりに差し込む朝陽は健康的で眩《まぶ》しく、英雄に抱き始めた違和感や疑惑など、全てはわたしの誤解だったのではと思えてくる。

けれども、誤解なんかじゃない。なぜだか英雄が川崎咲花子の写真を持っており、行方を調べており、そして佐藤絵里に疑問を持ち始めていることは動かしようのない事実なのだ。そして、持っているはずのない人工心臓の投資用の資料のデータを何バージョンも所持していることも――

目覚ましが鳴った。しかし英雄はまだ呑気に寝息を立てている。

「朝よ、起きてね。朝食の準備をしておくから」

声をかけてからキッチンへ行き、朝食を用意した。英雄と一緒に笑顔で食卓につき、必死でいつもの朝を演出する。そして英雄が家を出る前に、亜希子を迎えに行くという口実で先に家を出た。

これまで、彼の目にわたしはどう映ってきたのだろう。かいがいしく料理を作り、いつもにこにこ笑い、そして抱きしめられれば素直に体を預けてきた女。うまく騙せていると思い込んでいるわたしを、嘲笑《あざわら》ってきたのだろうか。

もしも。

もしも英雄がわたしの正体に気づきながら、何も知らないふりをして結婚生活を続けてきたのだとすれば。

その目的は、ひとつしかないのではないか——わたしを殺すこと。

わたしさえいなくなれば、もう彼を脅かすものはない。

ずっと彼の手のひらで転がされてきたのだと思うと、背筋が寒くなる。彼はわたしの運命をその手に握っている。いつでも握りつぶせる。

これからどう振る舞えばいいのか。

今はとにかく、英雄が正体を知っていることにわたしが気づいたことを、絶対に悟《さと》られてはならない。

　ごく普通に、これまで通り振る舞うのだ。英雄がわたしを手のひらで転がしているつもりなら、わたしはわたしで、すっかり騙せている気でいる愚《おろ》かな女を演じ続けなければならない。

　これまでとは違う緊張感で、体がこわばった。


　病室へ行くと、まだ朝食を食べていた亜希子が目をぱちくりさせた。

「やだ絵里さん、さすがに早すぎない？　まだこれから採血とか色々あるんだけど」

「亜希子ちゃんの退院が嬉しくて。そわそわして、つい来ちゃったの」

　まさか家に英雄といるのが怖いとは言えず、そうごまかした。だけど亜希子は「まったくもう」と嬉しそうな顔をする。

「あら、また荷物が増えたのね」

　わたしは壁際に積まれた段ボール箱に目を留めた。八箱ほどある。院内で譲ってもらったのだろう、堅苦しい字体で薬品や医療器具の名称が印刷されていた。

「編みぐるみとか、ギリギリまで作ってたからね。軽いけどかさばっちゃって。あとは、入院仲間からお餞別《せんべつ》っていうか、色々いただいたの」

亜希子の口調は寂しげだ。

「みんなと離れるのは、やっぱり寂しい？」

「うん。もちろん退院は、めちゃくちゃ嬉しいんだけどね。でも、毎日二十四時間、一緒にいたんだもん。お兄ちゃんと一緒にいる以上の時間を、過ごしてきたから。わたしにとっては家族と同じ」

「そっか。そうだよね」

「それに……」

亜希子は言葉を切った。

「もう二度と会えないかもしれないしね」

わたしの胸が、きゅっと痛む。これまで何人もの友達を見送ってきた、と亜希子が話していたことを思い出した。亜希子が自宅療養をしているうちに仲間の命がついえてしまう可能性もあれば、亜希子自身が旅立ってしまう可能性だってある。

箱からのぞく、色とりどりのラッピングバッグやリボン。彼らがどんな気持ちでこれらの贈り物を用意し、そして亜希子がどんな気持ちで受け取ったのか——想像すると、胸が詰まった。

「なんかすごいよね。点滴袋の箱、注射針の箱……めちゃめちゃ怪しくない？」

湿っぽい空気を追い払うかのように、亜希子が明るく言った。

「怪しすぎ。タクシーに乗車拒否されたりして」

あはは、と顔を見合わせて笑った。

朝食を食べたあと、看護師の採血と主治医による最後の回診があった。主治医が亜希子の腹部に貼られたガーゼを外すと、ケーブルの突き出た貫通部があらわになる。痛々しくて、わたしは思わず視線をそらした。

「うん、きれいだね。自宅でも、引き続き消毒は頑張って」

主治医から自宅療養の注意点や今後の通院予定の説明を聞き、晴れて退院となる。

亜希子が着替えている間、わたしは洗面用具や寝間着など、ギリギリまで使っていたものを段ボール箱に詰めていった。

「先に下に降りとくわね。退院手続きと支払いしとく」

「了解。着替えが終わったら、わたしもすぐ行くから」

ナースステーションから借りたキャスター付きのカートに段ボール箱を積み、エレベーターで一階まで降りる。カウンターで退院の事務的なやり取りをしているうちに現実に戻り、英雄のことで気が重くなってきた。

どんな顔をして会えばいいか、わからなかった。ただ、これからは亜希子がずっと家にいてくれる。英雄と二人きりになることはないのだと思うと、ホッとした。

ちょうど精算を済ませたころ、「お待たせ」と亜希子がやってきた。

私服を着て立っている亜希子を見た時、英雄のことが一瞬頭から吹き飛び、思わず涙ぐみそうになった。

いつもよりきちんとブローされた髪、爽《さわ》やかなブルーのパフスリーブのブラウス、品の良い真っ白なロングスカート——こうして見ると、健康で幸せそうな、青春を謳歌《おうか》中の若い女性に見える。

亜希子は小さなポシェットを提《さ》げている。以前自分で手縫いしていた、可愛らしい花柄のものだ。まさかこの中に彼女の命をつなぐ人工心臓のコントローラーが入っているなど、誰も思わないだろう。

「今日のブラ、絵里さんが持ってきてくれたカタログから買ったやつだよ。ありがとね」

えへへ、と笑いながら耳打ちしてきた。笑顔がはちきれそうで、やはり病室にいるときとは違い、生き生きしている。

「お化粧もしてるよね。とってもきれい」

「ありがと。お兄ちゃんのカードで、買いまくってやったんだ」

ぺろりと舌を出す。この子にとっては、英雄はかけがえのない、優しいお兄さんなのだ——たとえ殺人犯であっても。

荷物をのせたカートを二人で押しながら、外へ出た。病院前に待機していたタクシーに荷物を積み込み、家へ向かう。

「わーい、我が家だー！」

玄関を開けた途端、亜希子が嬉しそうに声をあげた。靴を脱ぎすて、廊下を抜け、リビングへ行く。

「あー、やっぱ落ち着く」

「お部屋、見る？」

「見たい見たい」

「ちょっと待ってて」

わたしは段ボール箱を全て運び入れると、階段の手すりをアルコールスプレーで消毒した。

「今はそこまで必要ないのに。でも、ありがとう絵里さん、何から何まで」

亜希子が手すりを握りしめ、ゆっくりと階段を上がっていく。万が一亜希子が足を滑らせても支えられるよう、わたしはその後ろをついていった。

「可愛い！　すてき」

部屋に入った亜希子は目を輝かせ、部屋の真ん中でくるりと回った。

「シーツ、超可愛い。カーテンも新しくしてくれたんだね。気分あがりまくり！

本当にありがとう」

「家具とか雑貨は、好きなものを少しずつそろえていってね」

「そうする！　うーん、やっぱり自分の部屋はいいな」

亜希子がベッドに腰かける。はしゃいでいるものの、どことなくしんどそうだ。

「大丈夫？　やっぱり階段がきついかな。お部屋、下の和室に移す？」

「ううん、ちょっと疲れちゃっただけ。二階でいいよ。これくらいの階段、昇り降りできなくちゃ。ちょっと寝れば平気だから」

「わかった。ゆっくり休んでね」

「はーい」

亜希子がベッドに寝そべり、わたしはドアを閉めた。

下に降りて段ボール箱の中から亜希子の洗濯物を取り出し、洗濯機を回す。ちょっと休憩するつもりでソファに座ると、昨日からの緊張がほどけて、どっと疲れが押し寄せてきた。英雄がいない解放感と、亜希子がいてくれる安心感も大きい。

洗濯が終わるまで、少しだけ眠ろう。

わたしは座ったまま、軽く目を閉じた。


首筋に冷たいものを感じて目を開けると、すぐ前に英雄の顔があった。わたしは鋭く息を呑んで、とっさに体をちぢこめる。

「あ、ごめん、起こすつもりはなかったんだけど」

英雄の片手は、わたしの喉元を掴むように置かれていた。反射的に払いのける。

「……何してたの？」

「息をしてないように見えたからびっくりして。脈を確認してたんだ」

「手首でもいいのに」

「僕はいつも、両方診るから。つい癖《くせ》で」

「そう……」

リビングに差し込む光は、もう赤く色づいている。

「やだ、もう夕方？　洗濯物、しわになっちゃってる」

ソファから立ち上がり、英雄から逃れるように洗面所へ行った。

洗濯機の蓋を開け、カゴに中身を取り出していく。しかしまだ英雄の手の感触が残っている気がして、首筋が粟立《あわだ》った。脈を確認していたなんて、本当だろうか。

まさか――？

背後に影が差し、ハッと振り向く。英雄が立っていた。

「やだ、びっくりするじゃない」

「いや……手伝おうかと思って」

「いいから」

「そう？」

「うん、少ないし」

けれども英雄は出て行かず、じっと立っている。

「なに？」

「ありがとう」

「え？」

「亜希子、すごく幸せそうな顔して寝てた。部屋、模様替えしてくれたんだね」

「ああ……いいのよ」

「僕、男だからよくわからないけど、それでもセンスの良い部屋だってわかる。本当にありがとう」

英雄は微笑むと、洗面所から出て行った。

わたしは息をつき、自分の首をそっと撫でた。

さすがに考えすぎだったかもしれない。いくらなんでも、亜希子だって二階にいるのだから。

そもそも、これまでずっと二人きりだった。もし殺すつもりであったなら、いくらでも機会はあったはず。

いや、けれど――

今まで無事だったのは、わたしが何も気づいていなかったからかもしれない。もしも気づいていることを知られたら。

その時こそ――

ごくり、と唾を呑む。

――殺されるのかもしれない。

10

夕食の支度に取りかかっても、集中できなかった。

包丁で野菜や肉を切る手が震える。そしてふと、いざとなればこれが凶器になりうると気がついた。

見回してみれば、キッチンには凶器がたくさんある。包丁はもちろん、アイスピックや蟹《かに》の甲羅《こうら》も切れる鋭いキッチンバサミ、肉を叩いて柔らかくする棒、肉に刺す温度計、大理石でできた麺棒《めんぼう》など。英雄がいないうちに、わたしはそれらを引き出しの奥にしまい込んだ。

「おなかペコペコー。お夕飯、なに？」

亜希子の呑気な声で我に返る。

「ハンバーグステーキにオニオンスープ、それからシーザーサラダよ」

「うわあ、レストランのメニューみたい。あ、配膳くらい手伝いまーす」

いそいそと亜希子が皿を並べ、ご飯をよそう。

「お兄ちゃんは？」

「お風呂よ。よく眠れた？」

「ぐっすり。入院中、こんなに寝たことなかったよ。やっぱりどっかで緊張してたんだね」

「自分のお部屋が一番よね」

湯上がりの英雄が、パジャマにタオルをひっかけた姿でダイニングにやってきた。

「お兄ちゃん、早く座って。待ちきれないよ」

亜希子に急《せ》かされ、英雄が「はいはい」と笑いながら席に着いた。

「んー、やっぱ、作りたては最高！」

亜希子はあつあつのオニオンスープをすすり、ハンバーグを頬張る。時々病院に手作りの総菜《そうざい》を差し入れていたが、どうしても届けるまでに時間がたってしまっていた。こうして亜希子に温かい食事を食べさせてやれることを、心から嬉しく思う。

「サラダのドレッシング、美味しい！　もしかして手作り？　すごーい」

「あら、簡単よ」

「おい亜希子、お前も甘えてないで、自分でも料理できるようにならないと。教えてもらえよ」

「やだよ、いくら頑張ったって絶対にこんなに美味しく作れないもん。わたしは食べる専門」

「なんだそりゃ」

三人で笑う。和《なご》やかな団らんの風景。けれど、どことなく英雄から張りつめたものを感じる。

そっと英雄を見ると、目が合ってしまった。刺してくるような視線。探るような視線。今までとは、明らかに違っている。

「もー、やだなぁ」

いきなり、亜希子がけらけらと笑い出した。

「さっきからずっと、見つめ合っちゃって」

「え？　いや……」

「そんなことないわよ」

気まずげに目をそらし、互いにそれぞれの皿に向かう。

照明の下で、英雄の持つナイフとフォークがぎらりと光った。

これも凶器になる――

おののきながら、わたしは震える手でハンバーグを切り続けた。


食事の後、亜希子が風呂に入る準備を手伝った。

シャワーバッグに人工心臓のコントローラーとバッテリーを入れて濡れないようにし、腹部にあいた穴も濡れないようにガーゼの上から医療用の防水フィルムでカバーする。わたしも看護師から指導を受けていたが、なかなか慣れないと難しい。

「ありがとう、絵里さん。これで大丈夫」

ブラとショーツ姿の亜希子が、腹部の防水フィルムを確認して言った。

「そのバッグ、持って入るのよね？　洗う時、邪魔でしょ？　わたしも一緒に入ろうか？」

「いい、いい。シャワーフックにひっかけておけばいいから」

「そう？」

「ただ、シャワーした後の消毒とか手伝って」

「もちろんよ。何かあったら、すぐに呼び出しボタンを押してね」

そう念を押して、洗面所のドアを閉める。リビングへ戻ると、ソファで新聞を読んでいた英雄が顔を上げた。

「助かったよ。さすがに僕は、シャワーは手伝えないから」

「いいのよ。女同士の方が、亜希子ちゃんも気楽でしょ」

夕食後の洗い物をしてしまおうとシンクを見ると、食器が全て洗われ水切りカゴに置かれていた。

「あら、洗ってくれたの？」

「亜希子の世話で負担が増えた分、僕にできることはするから。あ、コーヒーでも飲む？　いれるよ。ホット？　アイスにする？」

「ホットでいい。ありがとう」

わたしはソファに座った。英雄が後ろを向いている間にノートパソコンを隠したテレビ台の下を確認するが、ちゃんと奥の方にある。動かされた形跡はない。わたしは小さく安堵の息をついた。

「はい、どうぞ」

香りのよいコーヒーが、コーヒーテーブルに置かれた。マグカップは一つしかない。

「あら、あなたの分は？」

「昼間、コーヒー飲みすぎちゃって。これ以上飲んだら眠れなくなる」

「ああ、そうなのね」

わたしは湯気をたてている黒い液体を、じっと見つめる。

「お部屋でアロマでも焚《た》きながら、ゆっくりいただこうかしら」

「え？　あ、うん、どうぞ」

英雄が微笑み、再び新聞に目を落とした。

わたしはマグカップを持って立ち上がる。そしてそのまま二階に行くと、コーヒーを洗面台に流して捨てた。


亜希子の風呂上がりに消毒を手伝ったあと、わたしもシャワーを浴びた。髪を乾かしてから洗面所を出ると、すでに一階の照明はすべて消えていた。二人とも床についたらしい。

わたしはキッチンへ行き、ダウンライトをつける。棚からブランデーを出し、グラスに注いだ。カウンターにもたれ、立ったまま、あおるように飲む。

喉がカッと熱くなり、頭の奥が痺《しび》れた。わたしはグラスを空にすると、再び注いで口に含んだ。

二階でドアの開いた音がし、誰かが階段を降りてくる。重たげな足音から、英雄だとわかった。

「絵里ちゃん、お風呂あがったの？」

キッチンにやってきた英雄は、カウンターに置かれた洋酒の瓶を見て意外そうな顔をした。

「寝酒？　珍しいね。しかも、すごい強い酒。なにかあった？」

「ううん。ただなんとなく、飲みたくなっただけ」

「ふーん……」

沈黙。

心地よい沈黙ではなく、暗闇の中で何かを必死に探りあてようとするような緊迫感がある。

それにいつもなら「早く寝ようよ。絵里ちゃんがいないと寂しいじゃん」などと甘いことを言うのに、一切、そんな言葉を囁《ささや》かない。

やはりいつもの英雄ではない。

気づかれている。

彼は知っている。

わたしが、気づいてしまったことを——

心臓が早鐘《はやがね》を打ち、冷や汗が噴き出す。

この家を出て行かなくては。

英雄から離れなければ——

「こんな暗い所で、二人とも何してんの？　トイレに行ったら、ぼそぼそと声が聞こえるからビビったじゃん」

ダウンライトの下でにらみ合うように対峙《たいじ》していると、亜希子が廊下から眠たげな顔をのぞかせた。

「あれ、なんだ、しっぽりとお酒タイム？　お邪魔しちゃったね」

「お邪魔なんかじゃないわよ」

実際、ホッとしていた。

「えー、ほんとかなあ」

亜希子は笑いながら英雄とわたしの間に入ると、片方ずつ腕を組んだ。

「あー、やっぱいいなあ、自宅は。こうやって真夜中でも、家族の顔が見られるんだもんね」

「亜希子ちゃん……」

その一言で、これまでどれだけ亜希子が寂しい思いをしていたか、あらためて知った。わたしと英雄がぴりぴりしていたら、きっと悲しむ。今だけでも仲の良い振りをしておこう。亜希子の為に。

「もうそろそろ寝ましょう。ね、英雄さん」

わたしは甘ったるい声を出す。

「ああ、そうだな」

「あ、わたしのことは気にしないで。耳栓《みみせん》してるから」

片目をつぶる亜希子に、

「馬鹿、なに言ってんだ」

と英雄が笑いながら、げんこつで軽く頭をこづいた。

「先に上がってて。グラスを洗ってから行くわ」

「了解」

「絵里さん、おやすみなさーい」

二人が階段を上ったのを見届け、色々しまい込んだキッチンの引き出しの奥から、アイスピックを取り出した。パジャマの裾《すそ》に隠すと、ひやりとした先端が肌に触れる。

寝室のドアを開けた。すでに英雄はベッドに横になっている。ベッドサイドライトの明かりのもと、しっかりと両目を閉じているのがわかった。

わたしはそっとベッドの反対側へ行き、アイスピックをマットレスの下に忍ばせた。ナイフなど刃物を選ばなかったのは、手探りだと柄でなく刃を握ってしまう可能性があるからだ。アイスピックであれば、どちらが柄かわかりやすいし、間違って握ってしまっても怪我をすることはない。

ライトを消して、英雄に背を向けるように横になった。片手をだらんとマットレスの脇におろし、アイスピックに手を伸ばしやすいようにする。こうして準備しておけば、いつでも身を守ることができるだろう。

背後からは、規則正しい息遣いが聞こえている。けれどもわたしは、英雄もまた眠っていない気配を感じ取っていた。

目覚ましが鳴る前に、ごそごそする音で目が覚めた。廊下からだ。ベッドに英雄はいない。

ドアを開けると、亜希子の部屋に入りきらなかった段ボール箱を、英雄がひっくり返しているところだった。亜希子も起き出してきて、「もー、うるさいよ、お兄ちゃん」と口を尖らせる。

「パソコン、どこだ？」

「はあ？」

「ノートパソコン。預かってもらってただろ？」

ひやりとした。

「あれなら、何日か前に絵里さんに持って帰ってもらったよ」

「なんだって？」

英雄がわたしを振り向く。眼鏡の奥の、冷たい目。

「ううん、持って帰ってないわよ」

わたしは慌てて首を横に振る。

「絵里さん、キャリーバッグで持って帰ってくれたじゃん。精密機器だからって」

「結局、重いからやめたのよ。段ボールのどれかに入れたはず」

「なんだ、そうだったんだ。頑張れお兄ちゃん、捜すのだ」

「まったく、荷物多すぎだよ」

ぶつくさ言いながら、英雄が次々と箱を漁っていく。けれども、その表情は疑惑に満ちていて、わたしの言ったことを信用していないのは明らかだ。

もう悠長《ゆうちょう》にしていられない。これ以上、ここにはいられない――

「帰って来てから捜せば？　お仕事に遅れるでしょ。朝ご飯、すぐ用意するから」

「やばい、もうそんな時間か」

英雄は手を止めて、箱を乱雑に積み直すと、支度をしに寝室へ戻った。

わたしはキッチンへ行き、手早く朝食を作る。一緒に食べ終えると、いつものように英雄の姿が見えなくなるまで門の所で手を振った。英雄を見送るのは、きっとこれが最後だろう。

ダイニングに戻ると、着替えた亜希子が朝食を食べ始めていた。

「お兄ちゃんって、毎日こんなに豪華な朝ご飯食べてんの？」

「ちっとも豪華じゃないわよ」

「豪華だよ。ああ嬉しいなあ、これから毎朝、こんなぜいたくなご飯が食べられるんだ」

亜希子の言葉に少し胸を痛めながら、「ちょっと出かけたいんだけど」と切り出した。

「悪いけど急用ができてしまって。でも亜希子ちゃんの見守りが……」

「あ、ちょうどいい。友達がお見舞いに来てくれるの。その子、看護師で機器の取り扱いもできるし。なるべく早く来てもらうから、気にしないで行ってきて」

「ありがとう」

後片付けをし、洗濯をし、身支度をしていると、亜希子の友達がやって来た。夜勤で五時半には出ると言うので、それまで彼女に見守りを託し、わたしは急いで家を出る。今日中に引っ越すところを決め、仕事を探すつもりだった。

川崎咲花子《かわさきさきこ》としてもともと住んでいたマンションはダメだ。英雄に知られていないところでなくては意味がない。通帳やキャッシュカード、クレジットカードも使うとばれてしまう。だからすぐに仕事を始めて日銭を稼ぐしかない。

英雄の家からあえてランダムに電車を乗り継ぎ、二時間以上離れた小さな町で、わたしは物件を何軒か見て回った。小さくてもセキュリティ性の高い部屋を見つけ、そこを借りることに決める。保証人がいないので保証会社を通すことになり、審査には数日かかると言われてしまった。

仕方がない。審査が終わって鍵をもらえるまで、ホテルで身をひそめるしかないだろう。

色々な手続きを終えると、再び二時間以上かけて英雄の家に戻る。帰宅する頃にはすでに六時前になっていた。英雄が帰ってこないうちに、急いで荷造りをしなくては。

気持ちは焦りながらも亜希子のことが気がかりで、すぐに部屋を覗いた。

「ただいま。ごめんね。思ったより遅くなって」

亜希子はベッドに座ったまま自分のノートパソコンに向かっていた。

「あ、おかえりなさい。三、四十分くらいなら一人になっても大丈夫。気にしないで」

「何してるの？」

「履歴書を書いて、オンラインで就職サイトに登録してる」

「そっか」

どこまでも前向きな亜希子がまぶしい。

「じゃあ、ドア閉めとくね。集中して」

せめて亜希子の生活が落ち着くまでは見届けてやりたかった……そう思いながら、わたしはドアを閉めた。

寝室で、着替えなど私物をキャリーバッグに入れていく。それから現金をあるだけ掻き集めた。

必要なものが残っていないか、和室やリビングも見て回る。ふとテレビ台の下に意識が向いた。

念のため中身をコピーしておこうと思い立ち、ノートパソコンを引きずり出す。コーヒーテーブルの上で起動し、USBメモリーを差し込んでフォルダーを全て選択した。画像が多いので、読み込みに時間がかかる。

じりじりしながら待っていると、亜希子が階段を降りてきた。慌ててノートパソコンを閉じるのと、亜希子がリビングに入ってくるのは同時だった。

「ねえ絵里さん、お夕飯——あれ？　お兄ちゃんのパソコンじゃん。あったんだね、よかったー」

「そうなのよ。さっき見つけて」

「あんなに捜したのにね。どこにあったの？」

「点滴袋の箱から」

「えー？　全部ひっくり返したんだけどなあ」

「あ、間違えた。注射針の箱だった」

「それもひっくり返したよ」

「そうだっけ？　とにかく、どれかの箱に――」

「絵里さんたら」

なぜだか亜希子は、哀しそうに顔をゆがめた。

「……もういいよ、無理しなくて」

「え？」

亜希子はわたしの隣に座ると、ノートパソコンからＵＳＢを引き抜いた。

「さきおとといの夕方、おとといの真夜中、そして今」

「なんのこと？」

「絵里さんがこのパソコンを開けて、中をチェックしてた時間」

すうっとわたしの頭から血の気が引いていく。

「亜希子ちゃん、どうして……」

「絵里さんに渡す前に、スパイウェアを入れておいたから。わたしのパソコンに、通知が来るようになってるんだ」

一瞬、言葉を失う。が、何とか気を取り直した。

「それ、わたしじゃないわ。英雄さんよ。本当は、もうとっくにパソコン見つけてたのに、あなたをからかおうと――」

「カメラ」

亜希子はわたしを遮ると、ノートパソコンを開いて小さなレンズを指さした。

「遠隔《えんかく》で操作できるから。絵里さんの顔が、ちゃんと映ってた」

わたしはもう何も言えず、ただ信じられない思いで亜希子を見つめた。亜希子の無機的なほど透き通った目が、じっと見つめ返してくる。

「絵里さん……あなたはいったい、誰なの？」

11

重い沈黙が流れる。

硬直したままのわたしにしびれをきらしたように、再び亜希子がわたしの顔を覗き込んだ。

「ねえ、絵里さん。あなたは何者なの？　何が目的なの？」

「……誤解よ」

やっとのことで、言葉を絞り出す。亜希子は意味がわからない、とでもいうように、首をかしげた。

「亜希子ちゃん、何か誤解してる。わたし、ちょっとノートパソコンを開けてみただけなの。英雄さんが何か隠してないか気になって。だって、亜希子ちゃんに預けてたなんて、まるでわたしに見つからないようにしてたみたいじゃない？　浮気でもしてるんじゃないかって不安に――」

「だから、お芝居はもういいって」

亜希子は苦笑する。

「このパソコンはね、リトマス試験紙だったんだよ」

「……リトマス試験紙？」

「うん。絵里さんが敵なのか味方なのかを判断するリトマス試験紙」

「――どういう意味？」

「開けたらわたしのパソコンに通知が来るように設定しといたって、さっき言ったでしょ。どんなファイルを見たかも、何をしたかもちゃんとわかるようになってるの。でも、さきおとといも、おとといも、絵里さんは見るだけで別に何もしなかったよね。わたし絵里さんのこと大好きだし、このまま何もないといいな、味方だといいなって願ってた。だけど今、ＵＳＢを差し込んでコピーを始めたよね。それ、完璧アウト」

「あ、それは……」

言い訳をしようとするが、続かない。

「わたしね、最初から、絵里さんのこと信用してなかったんだ」

「……え？」

「お兄ちゃんが結婚するって言った時、すごく嬉しかった。やっとお兄ちゃんも幸せになれる、お兄ちゃんのことを理解してくれる人が現れたって。だけど絵里さんに会った時、すぐそれが間違いだったってわかった。だって」

亜希子はそこで言葉を切って、わたしに向きなおった。

「だって絵里さん、全然お兄ちゃんに惚れてなかったでしょ」

否定しようとして、言葉に詰まる。

「ほらね」

亜希子は鼻で笑った。

「わかるじゃん、そういうのって。いくら口先では好きだとか一緒になりたいだとか言ってても、絵里さんがお兄ちゃんを見る目、ぞっとするくらい冷たかった。汚らわしいものでも見るようにね。少しでもお兄ちゃんと体が触れ合いそうになったら慌てて逃げるとか、できるだけ目を合わさないようにしてるとか」

わたしは言葉を返せず、思わずうつむいた。亜希子は、そんなわたしの反応を冷静に観察している。

「どうして惚れてもいない相手と結婚するんだろう。どうして一緒に暮らすんだろう。おかしいと思った。だからわたし、ずっと絵里さんのこと見張ってたの」

「――え？」

「気づかなかったでしょ。絵里さんに初めてメールをした時、マルウェアを送って、スマホを見られるようにしたの。そしたら絵里さん、毎日お兄ちゃんの通帳の写真撮ったり、オンラインでクレジットカードの明細を見ようとしたり、うちの家族のことやお兄ちゃんのことを検索したりしてるんだもん。びっくりしたよ」

そんなことまで知られていたのか。わたしの口の中が干上がる。

「だけどさ」

亜希子の口調が、悲しげなものを帯びる。

「途中から、絵里さん、お兄ちゃんのこと本当に好きになってくれたよね」

「あ……」

「それも、ちゃんとわかった。お兄ちゃんのことを話すときの絵里さんの表情、変わったもん。嬉しそうで、愛おしそうで。それに、お兄ちゃんのことを探らなくなった。わたし、すごく嬉しかったんだ。絵里さんは、もう過去を忘れてくれるかもしれない。なかったことにしてくれるかもしれない。これから家族として、平和に暮らしてくれるかもしれないって。だから――」

亜希子は、わたしの手元からノートパソコンを引き寄せると、立ち上がった。

「だから、これを渡したの。何もしないでいてくれたらいいなって思いながら。それなのに……すごく残念」

亜希子はノートパソコンを振り上げると、思い切り床に叩きつけた。パソコンは意外と頑丈《がんじょう》なのか、壊れたようには見えない。けれども亜希子の静かな豹変《ひょうへん》に、背筋が粟立つ。

「それに絵里さん、家じゅうから凶器になりそうなもの、隠してたでしょ」

亜希子の乱れた長い前髪の間から、鋭い目が覗く。

「身の危険を感じてたんだね。後ろめたいことをしている証拠」

「それは……」

「さっき、こんなものを寝室で見つけちゃった」

亜希子がスカートのポケットからアイスピックを取り出した。

「こんなものがないと眠れないほど、怖かったの？　絵里さんったら……よっぽどだね」

切っ先をわたしに向け、ゆらりと近づいてくる。わたしは反射的に立ち上がり、あとずさった。

「絵里さんは、どうしてお兄ちゃんを陥れようとするの？」

「陥れようとなんてしてない。本当よ」

「だったらどうして？　記者か何かなの？」

鋭利な先端を見すえながら、亜希子を刺激しないように、一歩一歩、後ろに逃げていく。

「記者なんかじゃないわ」

「じゃあ誰？」

「わたし。わたしは――」

まさか本当のことなど言えまい。亜希子がさらに激昂《げっこう》するのは目に見えている。

「ほらね、言えないじゃん」

亜希子は鼻を鳴らした。

「絵里さん、お兄ちゃんが男の人を殺したことを知ってるんだよね。だから証拠を探してるんでしょ」

自分に凶器が向けられ、追いつめられているという状況にもかかわらず、亜希子の言葉に息を呑む。

「英雄さんが……殺したって言った？」

「今さら、とぼけないで」

「知ってるくせに。本当に殺したの？」

「待って。本当に殺したの？」

頭がぐるぐる回る。やはり英雄は殺人者だった。予想はしていた。覚悟もできていたはずだった。しかし、事実として耳にするのは、大きな衝撃だった。

「お兄ちゃんが殺人犯として捕まると、わたし困る。こんな体でひとり、生きていけないよ。あの事件以来、ずっとビクビクして生きてきた。だけど時間がたって、もう大丈夫だって、平穏な人生が訪れたって、やっと安心できるようになった。その矢先に、絵里さん、あなたが現れた。どうして今になって？　どうして放っておいてくれなかったの？」

「待って、亜希子ちゃん、落ち着いて」

「証拠なんてないはず。あの時の車も、血のついた服も処分したって、お兄ちゃん言ってた。目撃者だっていない。そう言い聞かせて生きてきたけど、しょせんは素人のやることだもん。思いもかけない決定的な証拠が残っているのかもしれない
――そう思うと、本当に怖かった。絵里さんは、いったいどんな証拠を見つけたの？」

「車って、なに？」

亜希子はハッとしたように、口に手を当てた。

「わたし、喋りすぎだね。そういえば、さっきから喋ってるの、わたしだけじゃん。話を引き出すのも、絵里さんの作戦？」

「そんなんじゃないわ。ねえ、本当に英雄さんが殺したの？」

「もう絵里さんの手には乗らない。絵里さんは、この家から一歩も出さないからね」

「それって……わたしを殺すってこと？」

亜希子は黙って、じりじりと近づいてくる。

「ねえ亜希子ちゃん、やめて。ここでわたしを殺したとして……どうするの？」

「わかんない。だけどお兄ちゃんが、きっとなんとかしてくれる」

「英雄さん……？　じゃあ彼は、このことを知ってるの？」

「もう何も話さないってば」

亜希子は口を引き結び、距離を詰めてくる。英雄もわたしの死を望んでいるのだと思うと、ショックだった。

やはり彼のやさしさ、愛情は全て嘘だった。彼は本当に殺人犯で、そしてわたしの存在も消したいと思っている。

心から愛し始めてしまっていたのに。

お互いに嘘の上に成り立った夫婦関係。真実の愛なんて、育つはずはなかったのだ――

――僕は医者だもん。殺すなら、誰にも怪しまれないように、ばれないようにやるよ。死体だってきれいに解体できる。

以前サスペンスドラマを観ていた時、冗談交じりに彼が話していたことを思い出し、体が震える。

わたしの背中がキッチンカウンターにぶつかった。並べていたフルーツや野菜の詰められたガラス瓶がドミノ倒しのように倒れ、床で砕け散る。亜希子の注意がそれた瞬間に、走って逃げようとした。が、濡れた床で足が滑り、ガラスの破片の上に手と膝をついてしまう。床に転がったまま、痛みで動けなくなった。

視界の隅に、亜希子がアイスピックを持った手を振りかぶるのが見える。

もうダメ――

目をつぶった瞬間、なにかが素早くわたしと亜希子の間に立ちふさがった気配がした。

低いうめき声。

耳をつんざくような、亜希子の悲鳴。

——何が起こったの？

こわごわ目を開けるのと、わたしの隣に英雄がくずおれるのは同時だった。

「お兄ちゃん、お兄ちゃん！」

亜希子が半狂乱ですがりつく。わたしも慌てて起き上がり、英雄を抱き起こした。その時初めて、英雄の胸にアイスピックが突き刺さり、血が流れていることに気がついた。

「ああ……これは……傷が肺に達してるな」

英雄がわざと呑気な口調で、しかし苦しそうに言った。

「亜希子ちゃん、救急車を呼んで！」

「ああ、そうよね、そう」

亜希子はパニックになりながら乱雑なリビングで自分のスマートフォンを捜し、震える指で番号を押した。

「救急車！　すぐにお願いします！」

亜希子が送話口に向かって叫んでいる。

「出血がひどくて、それで——」

「亜希子ちゃん、先にここの住所を伝えて向かってもらって！」

わたしが叫ぶと、英雄が弱々しく笑った。

「僕が言ったこと、覚えてたんだね」

亜希子が早口で住所をまくしたてている。続けて傷の具合や出血の状態など、聞かれるままに答えていた。センターとのやり取りが終わると、「わたし、すぐ見つけてもらえるように外で待ってる。絵里さん、お兄ちゃんをお願い」と言って飛び出して行く。

亜希子がいなくなると、英雄がわたしの手を握った。ものすごく冷たく、震えていた。

「びっくりしたよ。絵里ちゃんと話がしたくて帰ってきてみれば、亜希子ともみ合ってて……怪我がなくて本当に良かった。絵里ちゃん、ごめんね。亜希子を許してやって。僕を守ろうとあいつなりに必死だったんだと思う」

「英雄さん、どうしてこんな――」

「これでいいんだ。平穏な生活は終わった。罪を償《つぐな》う時が来ただけだから」

「――え？」

「前にも言っただろ？　僕には、人を好きになる資格も、誰かから愛される資格も、幸せになる資格もないって。僕は……僕は、人殺しだ」

「じゃあ、本当にあなたが――」

「そう」

英雄の喉の奥から血が湧き出てきて、口が真っ赤に染まっていく。

「もういい、しゃべらないで。たとえあなたが忠時さんを殺していたとしても──」

「……忠時さん？　ああ……違う、そうじゃないよ」

「だって、今あなたが──」

「僕は、忠時さんを、殺してなんていない」

言いながら、激しく咳き込む。

「どういうこと？　話が見えないわ」

「亜希子をよろしく頼むね。あと……」

英雄が、わたしの手を握りしめる。

「なに？」

「……咲花子《さきこ》さん」

「──え？」

どきっとする。

「君は……川崎咲花子さんだよね？」

思わず言葉を失う。

「やっぱり……」

英雄が弱々しく微笑んだ。

「ずっと謝りたかった。僕は……僕が殺したのはね。君のお父さんなんだ」

12

どのくらいの時間がたったのだろう。

気がつくと、わたしは病院の廊下にいた。手術中、という赤いランプが目の前にある。

亜希子も一緒に来たはずなのに、どうして一人なんだろう——と考えかけて、思い出した。彼女はショックから半狂乱になり、鎮静剤を打たれて病室で眠っているのだ。

救急車が来てから今までのことは、まるで水の中から見ていたかのように、ぼんやりとしている。救急車の中、英雄の手を握りながら泣き叫ぶ亜希子の隣で、わたしは英雄の言った言葉の意味をぐるぐる考えていた。英雄は隊員に、自分で死のうとしたところを二人に取り押さえられ、もみ合った末にこうなった、と説明した。何か言おうとする亜希子を優しい視線で制すと、そのまま英雄は意識を失った。

クーラーがききすぎているのだろうか、とても寒い。——いや、そうじゃない。

きっと全身の血が引いているのだ。

震えるわたしの手には、封筒が握られている。握りしめているので、くしゃくしゃになっている。救急車に乗せられる前、英雄がわたしに言ったのだ。往診鞄の中に入っている手紙を読んでくれと。

白くて味気のない、事務的な封筒。英雄らしい、と、こんな時なのに思わず苦笑してしまう。

いったい何が書かれているのか――

この手紙を読むのが恐ろしい気もする。けれども、読まなくてはならない。

震えるほどの寒気を感じながらも、じっとりと冷や汗をかいた手のひらから封筒を解放し、わたしは便箋《びんせん》を取り出した。


もしも君が川崎咲花子さんでなければ、この手紙は読まずに捨ててください。

だけどもし、咲花子さんなら……どうか最後まで読んでください。

うまく伝えられる自信がないので、手紙を書くことにしました。

これは僕の、懺悔《ざんげ》です。

医学生時代、僕は本当に鬱屈《うっくつ》していました。何のために医者になるんだ、どうしてこんなに勉強しなくちゃいけないんだって、いつも不満でした。親にプレッシャーをかけられて、小学生の頃から勉強、勉強。医学部に入ったところで、何の意義も見いだせなかった。唯一の息抜きが、車で飛ばすこと。山道や峠を、がんがん攻めて、発散してた。振り返ってみれば、本当に幼稚だね。そう、挫折《ざせつ》知らずで甘やかされて育った僕は、どうしようもない人間だったんだ。

あの夜は、珍しく亜希子が乗せてほしいと言ってね。助手席に乗せてやって、いつも通り、いやいつも以上に飛ばした。亜希子だって、たまには不自由な体を忘れてスカッとしたいんだろうなって思ったから。

だけど、急に亜希子が苦しいって言い出した。顔が真っ青になって、呼吸困難に陥ったんだ。そのうちに白目をむいて、意識も失った。

僕は焦って、急いで山を下り始めた。運の悪いことに雨も降り始めて、視界も悪くて、道もカーブばかり。突然、ものすごい衝撃を感じた。慌てて急ブレーキをかけて車を降りたら、男性が倒れていた。救命しようと抱き起こしたけれど、内臓が潰れていて、虫の息だった。

頭が真っ白になった。亜希子は助手席でぐったりしてる。この事故を通報しているうちに、亜希子が死んでしまうかもしれない。この男性を車に乗せて連れて行くことも考えたけれど、明らかに助からないだろう――

僕は、逃げることに決めた。亜希子を救うためというのももちろんあったけど、その場から、人を殺してしまったことから、逃げ出したかったんだ。つくづく卑怯で、最低な人間だろう？

　ギリギリで病院に到着して、なんとか亜希子は一命をとりとめた。ホッとしたら勝手なもので、夜道に見捨ててきた男性のことが心配になった。新聞を調べるとひき逃げのことは小さな記事になっていて、男性が死亡したとあった。予想はしていたとはいえ、ショックだった。いてもたってもいられなくなって、僕は彼の家へ行ってみたんだ。謝罪をするとか、そういう考えがあったわけじゃない。とにかく自分がしてしまったことの結果を、きちんとこの目で確かめなくてはと思った。

　ちょうど葬儀の日で、十歳くらいの娘さんが「お父さん、お父さん」と泣きじゃくってた。父子家庭だったということも耳に入ってきた。親戚が引き取るか、施設に預けるか——そんな生々しい声も。

　なんてことをしてしまったんだろうと、あらためて自分の罪の大きさに押しつぶされそうになったよ。僕は彼女から、唯一の家族を奪ってしまったんだ。うちも母親を早くに亡くしていたから、とても他人事とは思えなかった。

　自宅に戻ってすぐに、僕は父と亜希子に自首すると言った。だけど、二人とも猛反対したよ。特に、亜希子がね。

　わたしのせいで、お兄ちゃんは事故を起こしてしまった。相手の男の人は、本当に気の毒だったと思う。だけど、どうすることもできなかった。仕方がなかった。あの時逃げなければ、きっとわたしはあのまま死んでいた——

僕は、亜希子の懇願《こんがん》を受け入れた。いや——それは言い訳だな。結局は自分が可愛かった。自分の罪が露呈《ろてい》するのが、殺人者になってしまうのが怖かったんだ。ただ単に、自分を守っただけだよ。

僕はそれから、がむしゃらに勉強をしたよ。あの夜に自分が奪った命の代わりに、ひとりでも多くの命を救おうとね。そんなことで、罪が消えるわけじゃないのにね。まったく自分勝手な贖罪《しょくざい》だ。

そして、せめてもの罪滅ぼしに、時々、咲花子ちゃんの様子を見に行っていた。元気でいてくれると安心したよ。渡せる当てなんてなかったけれど、慰謝料としての貯金も始めた。

そうしたら、咲花子ちゃんが東京に出てきた。咲花子ちゃんに彼氏——忠時さん——ができたときは心配でね。変な男なんじゃないかってヒヤヒヤしたけど、見ているうちにしっかりしていて、心から咲花子ちゃんを愛してることがわかった。心から安心したと同時に、とっても寂しくてね。いつの間にか咲花子ちゃんのことが、大切な妹みたいな存在になってたんだな。

忠時さんが仕事を探してるのがわかったから、親しくしてた製薬会社の人に言って、学校に求人を出してもらった。大卒しか採らない会社だから最初は渋っていたんだけど、実際に面接をしてみたら彼が良い人材だったから、ずいぶん感謝されたんだ。

それから二人は結婚した。彼女を守ってくれる存在が現れたからには、もう僕が陰から見守る必要なんてない。だから慰謝料の貯金は続けながらも、様子を見に行くことは止めたんだ。

だから、忠時さんがリストラされたことは知らなかった。外資系の会社に買収されたことは僕の耳にも入っていたけれど、そこまで強引な人材の入れ替えが行われているなんて夢にも思わなかったんだ。

慌てて様子を見に行ったら、忠時さんは再就職に失敗して、困窮《こんきゅう》のあまり詐欺まがいのことに手を出していてね。あまりにも危なっかしく思えて、僕から彼に声をかけたんだ。ビジネスパートナーを探している。資金は自分が出すから、一緒にやってくれないかと。渡せる当てのなかった咲花子ちゃんへの慰謝料を渡せる絶好のチャンスだとも思った。

何のビジネスなのかと彼は聞いた。僕のことを疑っているみたいだった。当然だよね。見ず知らずの男が突然やってきて、一緒にビジネスを始めよう、だなんて。僕は何も思いつかなくて、焦った。突拍子もないことを言えば、警戒される。僕が手掛けたいと思う理由に説得力がなければ、彼はのってきてくれないだろう。焦った末、とっさに口をついて出たのが人工心臓の開発だった。妹の為なのだと説明すると、彼は涙を流して、必ず成功させようと言ってくれた。

自分は医師で知識と資金はあるが、ビジネスの経験は一切ないので、主に財務面を手伝ってほしいともっともらしいことを言った。そして、この新しい企画に集中してほしいからと理由をつけて、他のビジネスを清算するよう金を渡した。彼はこれまで騙していた人たちに、すぐ元金と配当金分を返金した。これで彼が詐欺で訴えられる心配はなくなった。

それから僕は人工心臓の資料を用意して、彼に渡した。それを元にプレゼン資料やパンフレットを作ってほしいとお願いして、これまで貯めた三千万を渡したよ。やっと咲花子ちゃんに間接的にでも慰謝料を渡せる機会が来たことが、とにかく嬉しかった。

忠時さんは気持ちのいい男でね。やんちゃだけど、頭の回転が速くて、男気があって、ああ、だから咲花子ちゃんも惚れたんだなって思ったよ。亜希子にも、とても優しくしてくれてね。亜希子を救ってやりたい、画期的な人工心臓を開発するんだって、張り切ってくれた。

だけどだんだん、忠時さんはいぶかしみ始めた。僕の目的はお金を渡す事だけで、本気で開発しようとしていないからね。人を集めもしない。ちゃんとした研究施設を借りようともしない。忠時さんが助成金を見つけて申請しようと言ってくれても、僕はのらりくらりとかわす。もっともらしい資料やデータを用意して、忠時さんに渡すだけだ。

何か裏がある――

忠時さんは、自分がマネーロンダリングか何か、やっかいな事件に巻き込まれているんじゃないかと疑い始めた。パンフレットを作る以外に何もしていないのに、三千万を自由に使えばいいと言われる。こんな旨い話があるはずがないと。だからあの日――忠時さんが亡くなった日――彼は、一切から手を引く、と言ってきたんだ。

僕は慌てたよ。やっと咲花子ちゃんに慰謝料を渡せる口実ができたのに。だから最初は「何も裏はない。これから本格始動して頑張ろう」って説得したんだけど、ますますうさんくさく見えたんだろうね、どうしても降りると言い張るんだ。

仕方なく僕は、彼に本当の話をした。彼は驚いていた。そして激怒したよ。僕が、咲花子ちゃんの人生をめちゃくちゃにしたって。「どんな思いで、咲花子がこれまで生きてきたか考えたことあるか」って。全く、彼の言う通りだ。

彼はますます僕の金は受け取れない、二度と顔を見せるなと言って店を出て行ってしまった。だから僕は慌てて彼の仕事場のマンションまで追いかけたんだ。僕がマンションの下に来た時、彼は窓を開けて、これまで僕が渡したデータ入りのＵＳＢを次々投げつけた。

あちこち広範囲に飛んでいったから、僕は駆けずり回って拾い集めた。一番遠くに落ちたものをやっと拾って戻ろうとしたら、大きな音が聞こえて――彼が地面に倒れていたんだ。一瞬、何が起こったかわからなかった。酒が入っていたから、はずみで体勢を崩したのかもしれない。頭が真っ白になって、無我夢中で、咲花子ちゃんの為に何が何でも救わなくてはと思った。それなのに……。

また咲花子ちゃんを不幸にしてしまった――僕は自分が許せなかった。

僕が近づくと、咲花子ちゃんは不幸になる。咲花子ちゃんに幸せになってほしくて見守ってきた。それなのに、また僕は、咲花子ちゃんの人生を台無しにしてしまった――

釈放されたあと、今度こそ咲花子ちゃんに償うべきだと思った。咲花子ちゃんの為にと思って忠時さんに振り込んでいたお金は、警察を介して僕に戻ってきてしまってね。それを渡して、全てを話して謝罪しようと決めたんだ。それなのに、追い返されるのを承知で勇気を出して咲花子ちゃんのマンションへ行ってみれば、行方はわからなくなってしまっていた。

僕は必死で、咲花子ちゃんを捜した。調査会社にも頼んで、自分でも足を使って。元気で幸せに生きているか、心配でたまらなかった。

そんな時に、絵里ちゃんが現れた。僕は君を突っぱねたよね。咲花子ちゃんのことで頭がいっぱいで、自分のことどころじゃなかった。何より、僕なんかが幸せになってはいけないと思っていた。だけど時間をかけて、絵里ちゃんは僕の心を溶かしてくれた。咲花子ちゃんを捜しつつも、僕はだんだん、絵里ちゃんに惹かれてしまった。自分の未来に目を向けてもいいのじゃないかという気持ちになってきた。

僕は、まったくもって愚かだね。

結婚生活は、とってもとっても、幸せだったよ――絵里ちゃんが、本当は咲花子ちゃんなんじゃないかと気づくまでは。

絵里ちゃんが倒れた日。僕は心配で絵里ちゃんの頭部をくまなくチェックした。その時、頭皮の手術痕に気がついたんだ。絵里ちゃんは過去に頭部に病気があったんだろうか、もしかしてそれが倒れたことに関係あるんだろうか、と心配したけれど、じっくり見るとエラや顎、耳の後ろにも傷跡があったので、美容整形手術ではないかと思い至った。意外だったけれど、僕にとっては絵里ちゃんが整形していようがいまいがどうでもいいことで、健康でいてくれさえすればいいから、その時は何も思わなかった。

だけど、支援する会の会長に絵里ちゃんのことを話した時、君の名前が名簿に載っていないと聞かされて——まるで線がつながるように、絵里ちゃんが咲花子ちゃんなんじゃないかって思ったんだ。

そんなはずはない、ありえない、まさか——とも思った。だけど一度そんな考えが浮かぶと、そのように思えて仕方がない。どんどん疑惑は深くなる。

もしも君が咲花子ちゃんだとすると、他人に成りすましてまで僕と結婚をした理由はひとつしかないだろう——僕を裁くためだ。

君が寝室にアイスピックをしのばせているのを見つけた時、結婚生活が終わりに近づいていることを知った。君になら殺されても構わない。だけど、君の手を汚させるわけにはいかない。

だからこの手紙を書くことにしました。もう僕は自分の罪から逃げることをやめ、自首し、償います。

君のことが大好きでした。

結婚生活は本当に楽しかった。

偽りでも、幸せを与えてくれてありがとう。

パッと赤いランプが消えて、わたしはハッと顔を上げた。

「奥さまでいらっしゃいますか？」

手術着の医師が現れた。マスクを外した医師の表情は重い。わたしは全てを察した。

しばらくして対面させてもらえた英雄は、青白いが穏やかな顔をしていた。

「英雄さん……？」

英雄の頬に、涙が伝った——と思ったら、それはわたしの頬からこぼれ落ちる涙だった。

「英雄さん……どうしてわたしたち、こんな風に……すれ違って……」

冷たくなった彼の体を抱きしめ、わたしは静かに泣き続けた。

13

わたしは崖《がけ》に立ち、海を見下ろしている。

まだ残暑は厳しく、海から吹く風も生ぬるい。

わたしは汗をぬぐうと水平線を見つめた。

燃えるような真っ赤な夕陽が、息苦しいほどの熱気を放っている。

「心の準備はできた？」

隣に立つ亜希子が聞いた。

「――うん」

わたしが答えると、亜希子が震える手で、胸に抱えていた漆塗《うるしぬ》りの壺の蓋を開けた。

わたしも壺に手を添えたのを確かめると、亜希子が頷く。二人で壺を海へ向かって傾けると、さあっと白い砂のようなものが風に舞った。

空っぽになるまで、何度も何度も同じことを繰り返す。そのたびに〝砂〟は空に舞い、風に踊り、やがて海へと散っていった。

ああ、まるであの時の。

ボーンチャイナの残骸のようだ。

あの頃に苦しいほど抱えていた憎しみが、こうして砕けて散ってゆく。

これは英雄のかけら。

そしてわたしの憎しみのかけら。

わたしたちの残骸は風とたわむれながら、空へ、海へと消えていった。

「お兄ちゃん……お兄ちゃん……ごめんなさい。さよなら」

亜希子が嗚咽《おえつ》し、その場にくずおれる。

亜希子の傍らに膝をつき、そっと肩を抱いてやると、彼女はますます激しく泣いた。わたしも亜希子の髪に顔をうずめ、一緒に涙を流す。

　亜希子が罪に問われることはなかった。いくら英雄自身が自分でしたことだと告げても不審死として捜査をされ、わたしも亜希子も事情聴取を受けたが、わたしたちは英雄の遺志通りの供述を繰り返し、結局は自死として処理された。過去にひき逃げで男性を殺《あや》めてしまったことを、長い間気に病んだ末の衝動だったと認められた形だった。ある意味で、確かに英雄が望んでの死だったのかもしれないと、わたしも心の中で思っている。

「絵里さ……咲花子《さきこ》さん」

　亜希子はひとしきり泣くと、涙をぬぐってわたしを見つめた。

「お兄ちゃんのこと、憎んでる？」

わたしはもう一度海に視線を向ける。

わからなかった。

英雄がわたしの大切な家族を奪い、人生を狂わせたことに違いはない。

わたしは憎んでいるのか。愛しているのか。

哀しいのか。嬉しいのか。

惨《みじ》めなのか。幸福なのか。

泣いているのか。笑っているのか。

卑怯なのか。潔《いさぎよ》いのか。

弱いのか。強いのか。

愚かなのか。聡《さと》いのか。

地獄にいるのか。天国にいるのか。

――なにもかも、わからなかった。

わたしはその谷間に落ちて、もがき、あがきながら生きていくしかない。谷間から這い上がろうと傷だらけになり、時には血を流しながら、決して見つからない答えを探し続ける覚悟はできている。

赤く染まった水平線に視線を向けると、亜希子もつられたように海を見た。

わたしたちは寄り添ったまま、ぎらぎらと沈みゆく夕陽を、いつまでも眺め続ける。

あつい夏だった。

一人の男の人生を灼き尽くしてしまうほど。

一人の女の心に、その男の姿を焼《や》き印《いん》のごとく刻みつけてしまうほど。

――そしてその夏が、もうすぐ終わる。


〈了〉

●参考文献

『医療詐欺「先端医療」と「新薬」は、まず疑うのが正しい』上 昌広著 講談社＋α新書

その他、多くのウェブサイトやブログなどを参考とさせていただきました。
なお、誤謬の責は筆者にあります。

この物語はフィクションです。
実在の人物・団体などには一切関係ありません。

本書は、2019年8月にPHP研究所から刊行された作品を加筆・修正したものです。

著者紹介
秋吉理香子（あきよし　りかこ）
早稲田大学第一文学部卒。ロヨラ・メリマウント大学院にて、映画・ＴＶ製作修士号取得。2008年、「雪の花」で第３回Yahoo! JAPAN文学賞を受賞。09年、受賞作を含む短編集『雪の花』にてデビュー。13年に発表した『暗黒女子』は大きな話題を呼び、映画化された。他の著書に、『放課後に死者は戻る』『聖母』『婚活中毒』『鏡じかけの夢』『ガラスの殺意』『自殺予定日』『絶対正義』『息子のボーイフレンド』『監禁』などがある。

ＰＨＰ文芸文庫　灼熱

2022年７月20日　第１版第１刷

著　者　秋吉理香子
発行者　永田貴之
発行所　株式会社ＰＨＰ研究所
東京本部　〒135-8137 江東区豊洲5-6-52
第三制作部　☎03-3520-9620（編集）
普及部　☎03-3520-9630（販売）
京都本部　〒601-8411 京都市南区西九条北ノ内町11
PHP INTERFACE　https://www.php.co.jp/
組　版　朝日メディアインターナショナル株式会社
印刷所　図書印刷株式会社
製本所　東京美術紙工協業組合

ISBN978-4-569-90228-9

PHP文芸文庫

第26回柴田錬三郎賞受賞作

夢幻花《むげんばな》

東野圭吾　著

殺された老人。手がかりは、黄色いアサガオだった。宿命を背負った者たちが織りなす人間ドラマ、深まる謎、衝撃の結末——。禁断の花をめぐるミステリ。

PHP文芸文庫

あなたの不幸は蜜の味

イヤミス傑作選

宮部みゆき、辻村深月、小池真理子、沼田まほかる、新津きよみ、乃南アサ 著／細谷正充 編

いま旬の女性ミステリー作家による、「イヤミス」短編を集めたアンソロジー。見たくないと思いつつ、最後まで読まずにはいられません。